Маньковська

КНИЖКУ НАМАЛЮВАЛИ:

КОСТЬ ЛАВРО

«Як маленька бджола врятувала гуску»;
«Лев і осел, що вдавав царя»;
«Казка про двох білочок і хитру лисичку»;
«Про Івана Багатого»;
«Лисиця й ведмідь»;
«Циган і Лев»;
«Як віл бігав наввипередки з конем»;
«Соловейкові поради»;
«Як вовк гусям грав»;
«Москаль у пеклі»;
«Як пастух наговорив повний мішок»;
«Скільки в небі зірок?»

ІВАН СУЛИМА

«Олекса і Чорний Полонин»;
«Срібні воли»;
«Цісар і злодій»;
«Золота гора»;
«Золоте військо»

ВІКТОР ГАРКУША

«Бідний багач»;
«Олекса і Чорний Полонин»;
«Казка про знахаря та білу змію»;
«Яку кару придумав чоловік вовкові»

КАТЕРИНА ШТАНКО

«Як лисичка Івана Баштанника
зробила царевичем»;
«Бідний садівник і королівна»;
«Правда й Неправда»;
«Королевич і залізний вовк»;
«Олянка, або дерев'яне чудо»;
«Казка про Лугая»

ВІКТОРІЯ ПАЛЬЧУН

«Заяче сало»;
«Видимо-Невидимо»;
«Як бідний Манько святив паску»;
«Як Микола був коровою»;
«Насмішливе слово»

ІНОКЕНТІЙ КОРШУНОВ

«Сонце, Мороз і Вітер»;
«Правдивий Іванко»

ОЛЕГ ПЕТРЕНКО-ЗАНЕВСЬКИЙ

«Козаки і Смерть»

ВЛАДИСЛАВ ЄРКО

Обкладинка;
«Казка про Лугая»

Форзац: ІРИНА РУДЬ-ВОЛЬГА

Для малят від 2 до 102

100 КАЗОК. 3-й том
Найкращі українські народні казки з ілюстраціями
провідних українських художників. У 3-х томах
За редакцією Івана Малковича

© «А-БА-БА-ГА-ЛА-МА-ГА», 2012—2013
Видання 5-те, 2015
Іван Малкович © упорядкування, літературне опрацювання, 2012
Ілюстрації © К. Лавро, К. Штанко, В. Єрко, І. Сулима, В. Гаркуша,
І. Коршунов, В. Пальчун, О. Петренко-Заневський, 2012
Комп'ютерні чари: Стелла Нагнибіда

Усі права застережено. Одноосібне право на видання цієї книги
належить «Видавництву Івана Малковича «А-БА-БА-ГА-ЛА-МА-ГА»
Адреса видавництва: Україна, 01004, Київ, вул. Басейна, 1/2
Поліграфія: «Новий друк» — ПП «Юнісофт»

Застрибуй на нашу сторінку:
www.ababahalamaha.com.ua

ISBN 978-617-585-014-5

100 КАЗОК

НАЙКРАЩІ УКРАЇНСЬКІ НАРОДНІ КАЗКИ
З ІЛЮСТРАЦІЯМИ ПРОВІДНИХ УКРАЇНСЬКИХ ХУДОЖНИКІВ

3-й ТОМ

За редакцією
ІВАНА МАЛКОВИЧА

А-БА-БА-ГА-ЛА-МА-ГА
дитяче видавництво

СЛОВО
ВІД УПОРЯДНИКА

Колись у давнину дуже любили тих людей,
які вміли оповідати казки. Якщо якийсь подорожній
просився на ніч, його питали: «А казки́ казати вмієш?».
Удатний казкар був найбажанішим гостем, адже колись не було
ні радіо, ні телевізора, ні інтернету, ані гарних книжок з українськими
казками... Наш тритомник має назву «100 казок». Знати сто казок — це
мовби прочитати сто книжок чи подивитися сто фільмів. Кожна казка —
то ніби захоплива, небезпечна, але завжди щаслива мандрівка в часі, бо ж ці
казки могли слухати ще наші пра-пра-пра-дідусі й бабусі, і навіть Ілля Муро-
мець з Івасиком-Телесиком... Отож у трьох книгах зібрано найкращі українські
народні казки. Намалювали їх провідні українські ілюстратори: від най-
відоміших — Владислава Єрка, Костя Лавра, Катерини Штанко — до най-
молодших — Івана Сулими та Віктора Гаркуші... Чому написано «100 казок»,
а їх лише 99? Це на той випадок, якщо мені або тобі, любий чатачу, по-
таланить натрапити на якусь абсолютно дивовижну казку, і тоді я радо
її сюди додам. А тим часом сподіваюся, що всі три томи у тебе
вже є і всі 99 казок уже з радістю прочитано. Тому насам-
кінець хочу побажати тобі, щоб тією — **сотою** —
найщасливішою і найчарівнішою казкою
стало твоє власне життя.

ІВАН МАЛКОВИЧ

ЯК МАЛЕНЬКА БДЖОЛА ВРЯТУВАЛА ГУСКУ

Паслися гуси на лузі коло річки. Одна гуска натрапила на бджолу, що пила з квітки мед, і хотіла її з'їсти.

А бджілка й просить:

— Кумонько гуско, дайте мені ще трохи пожити, я вам колись у великій пригоді стану.

— Як це ти, така маленька, можеш стати мені в пригоді? — засміялася гуска, але бджолу таки відпустила.

Пішла гуска, скубе траву, аж дивиться — біжить лис: ого, яка халепа!..

«Тут мені й кінець!» — злякалася бідна гуска.

Аж тут побачила того лиса бджола — шугнула просто до нього і пустила йому своє гостре жало в самісінький ніс — дзумць! — та й полетіла.

Ох і заболіло лисові! Злякався він — як скочить у луги, то й слід за ним пропав.

Отак маленька бджола врятувала життя великій гусці.

Раз ішли собі Сонце, Мороз і Вітер битим шляхом і зустріли чоловіка.

Глянув той чоловік на них та й каже:

— Доброго здоров'я!

Та й пішов собі.

Стали вони між собою сперечатися: кому він сказав «доброго здоров'я» — чи на всіх, чи, може, кому одному?

Вернулися, доганяють його й питаються:

— Кому з нас, чоловіче, ти доброго здоров'я побажав?

А він:

— А ви хто такі будете?

Один каже:

— Я — Сонце.

Другий:

— Я — Мороз.

Третій:

— А я — Вітер.

— Ну, то я цьому губатому — Вітрові — сказав.

Повернулися вони і йдуть собі.

От Сонце й каже:

— Я його в жнива спалю!

А Вітер:

— Не спалиш, бо я повію холодом і буду його холодити.

А Мороз теж нахваляється:

— Я його взимку зморожу!

А Вітер:

— А коли ти, Морозе, морозитимеш, то я ані війну — от він і не замерзне.

У жнива вийшов той чоловік у поле, а Сонце пече, як вогонь! Коли це дмухнув холодний вітер-сіверко — де й спека поділася!

Взимку їде чоловік у ліс по дрова, а там такий Мороз! Аж тріщить! Коли ж Вітер — шусть! — і вщух, ані шелесне. От той чоловік і не змерз.

От як Вітер захистив чоловіка від Сонця й Морозу.

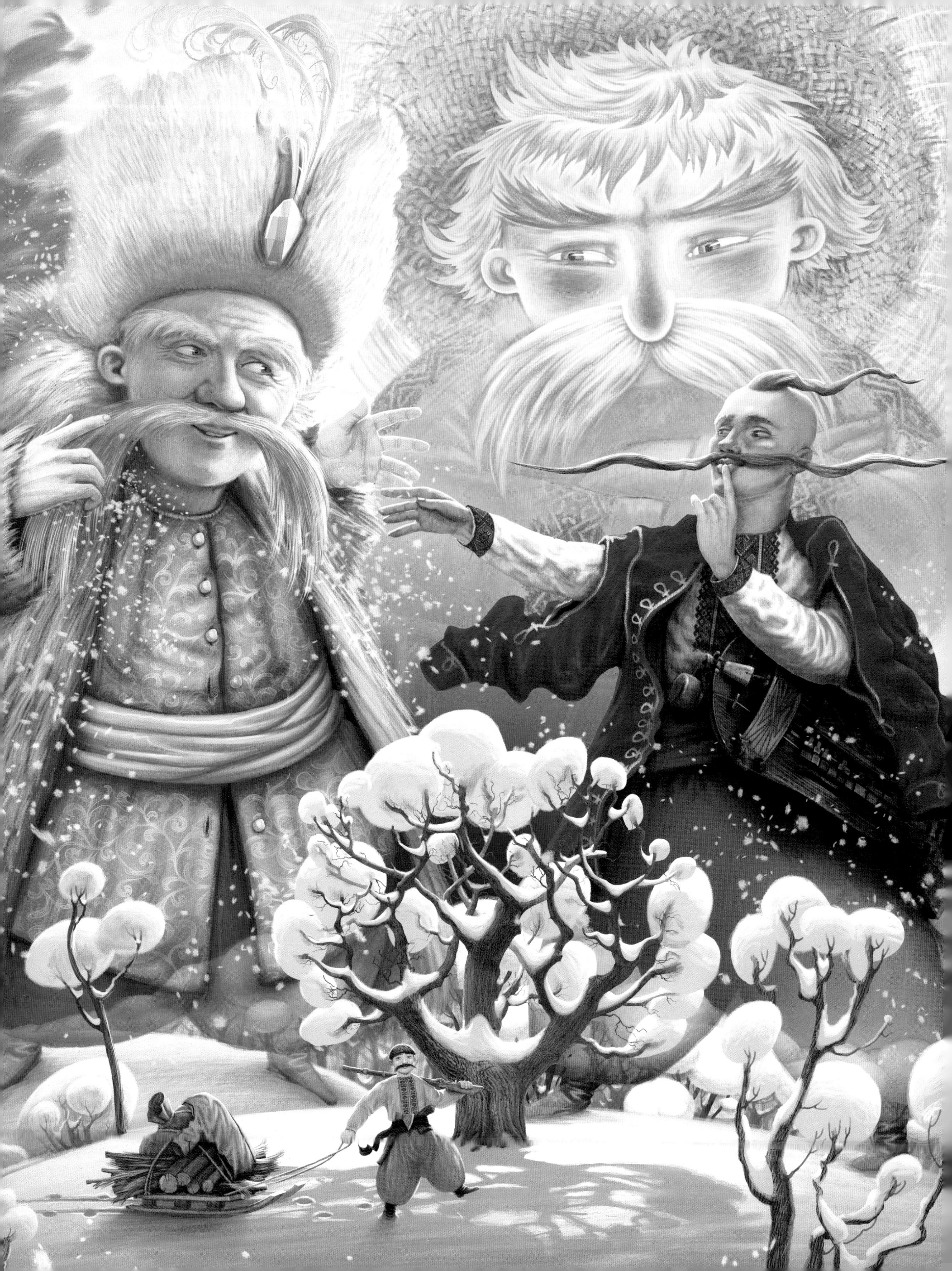

ЯК ЛИСИЧКА ЗРОБИЛА ЦАРЕВИЧЕМ ІВАНА БАШТАННИКА

Десь та не десь жив собі дуже багатий пан. От треба тому панові наймита — нікому свиней пасти. Посилає пан шукати свинаря.

— Тільки, — каже, — з такою умовою, що як вибуде рік, дам йому день поля на рік, а не вибуде — то нічого не плачу.

Пішли по селу, розпитують: чи нема де якого нетяги?

— А там, — кажуть, — живе парубок убогий, — він піде.

Ото й найняли того парубка. Вибув він рік, і дали йому шматок поля.

Іде парубок від пана та й думає: «Що ж мені з тим полем робити? Може, — думає, — посію баштан і розбагатію?»

Думав-думав: «А чим же я те поле виорю, що в мене ні волів, ні плуга?..»

А далі й надумавсь: «Піду до пана». Приходить.

— Пане, — каже, — любий пане! Служив я у вас рік, вислужив день поля на рік, та нічим мені його зорати. Чи не зорали б ви мені? Я б уже вам відробив.

Пан зглянувся на нього.

— Добре, — каже, — дам наказ, щоб виорали!

Зорали ту нивку, посіяв він баштан.

Ох, як уродив же той баштан! Кавуняччя — отакенне! А дині — отакі!

Поставив собі парубок курінь серед баштана, там і живе — баштан стереже.

Щойно стали пристигати дині, аж помічає він, що оце вдень лежала така гарна динька, а на ранок устає — сама шкаралущина!

«Ну, — думає, — я ж таки достережу, хто мої дині переводить, — я йому дам!»

От настала ніч. Сів він у курені, стереже. Коли чує — хрум-хрум! Він потихесеньку туди — аж там лисичка. Він підкрався та хап її за хвіст! Та й піймав.

— Ага! — каже. — Ось я тобі дам динь! — Та як замахнеться...

— Ой, чоловіче-голубчику, — каже лисичка, — не бий мене — я тобі у великій пригоді стану.

— А дині їстимеш? — питає. Та прутом її...

А вона проситься:

— Поки я ще жива, — каже, — пусти мене, я тобі у великій пригоді стану!

— У якій же ти мені пригоді станеш?

— Я, — каже, — висватаю тобі царівну!

— Ну, гляди! — Та й пустив.

Побігла лисичка до царя. Там її не пускають, виганяють.

— Треба мені самій царя бачити, пустіть! Я щось йому скажу!

Її женуть, а вона в палац преться. Цар і почув.

— Що там за лемент? — питає.

— Та тут, — кажуть, — якась волоцюга припленталась.

— Впустіть її! — каже цар.

Її й пустили. Вона — цареві в ноги:

— Царю-государю, змилуйся, що я до тебе з недоброю вістю прийшла!

— З якою недоброю вістю? — дивується цар.

— Так і так, — каже, — була я в змія, хвалився він мені, що буде твоє царство воювати — дочку твою візьме за себе. Тож оце я прийшла тобі розповісти...

— Ох мені лихо! — ухопився цар за голову. — А в мене ж і військо не готове!

Та на царедворців:

— Га, сякі-такі!.. Мене хочуть звоювати, а ви нічого не знаєте.

Лаяв їх цар, лаяв...

— Кличте раду! — гукнув.

Радились-радились, як їм того змія повоювати, — нічого не врадять — нема війська! А лисичка знов цареві в ноги:

— Царю-государю! Змилуйся, — каже, — я тобі щось пораджу: є в мене цар курінний — як віддаси за нього дочку, він того змія звоює!

Цар і сюди, і туди — нічого робити.

— Ну, гаразд, — каже. — Як звоює, то вже віддам!

Прибігає лисичка до куреня:

— Здоров, курінний царю!

— Здорова була, лисичко-сестричко!

— Я тобі добру вість принесла.

— Кажи.

— Була я в царя, за тебе царівну сватала. То цар сказав, як ти звоюєш змія, то віддасть. Ходім воювати!

— Тю-тю, дурна! — каже парубок. — Як же мені його звоювати?

— Нічого, звоюєш! Мене слухай і все гаразд буде. Одягайся, ходім.

— А цей баштан, — каже, — на кого я покину?

Вона як почала його вмовляти — пішли. Ідуть та й ідуть, лисичка попереду біжить, парубок позаду йде. Коли назустріч їде змій: так і сипле іскри, так і сяє!

— Бач, — каже лисичка, — то змій їде. Ти, курінний царю, постій тут під копицею, а я побіжу до нього.

Став той парубок під копицею, думає: «Пропав же я!».

А лисичка побігла до змія та:

— Здоров, зміяку-братику!

— Здорова, лисичко-сестричко!

— Що я тобі скажу, зміяку-братику! — мовить лисичка.— Біжу я оце до тебе з недоброю вістю: іде на тебе цар війною, хоче тебе звоювати і все твоє багатство забрати!

— Де ж він? Далеко? — питає змій.

— Якби ж то, — каже,— далеко,— а то близько!

— Що ж мені тепер робити? — питає змій.

— А що робити, — каже лисичка, — он під копицею стоїть чоловік, оддай йому все своє — і коні, і колясу, і одежу, а сам одягнись у його вбрання і йди собі додому — цар тебе не впізнає... А як ні — то пропадеш навіки!

Змій мерщій одежу з себе, а свитку на себе — та бігом звідти!

«Спасибі лисичці!.. Від смерті врятувала!» — думає.

Тоді той баштанник убрався в золоту одежу, і такий став гарний, що хоч не схочеш, то полюбиш! Сів у колясу — поїхали з лисичкою.

— Бач, — каже вона, — а ти боявся!

Приїхали до царя. Лисичка цареві в ноги:

— Царю-государю! — каже.— Кланяється тобі цар курінний і шле свої дарунки: він звоював змія, просить дочку твою за себе!

Цар зрадів, цариця зраділа, царівна теж. Повискакували, ведуть баштанника в царські покої, дають йому їсти-пити і не втомлюються хвалити. За тиждень і весілля справили. А лисичку молодий царевич зробив своїм головним міністром.

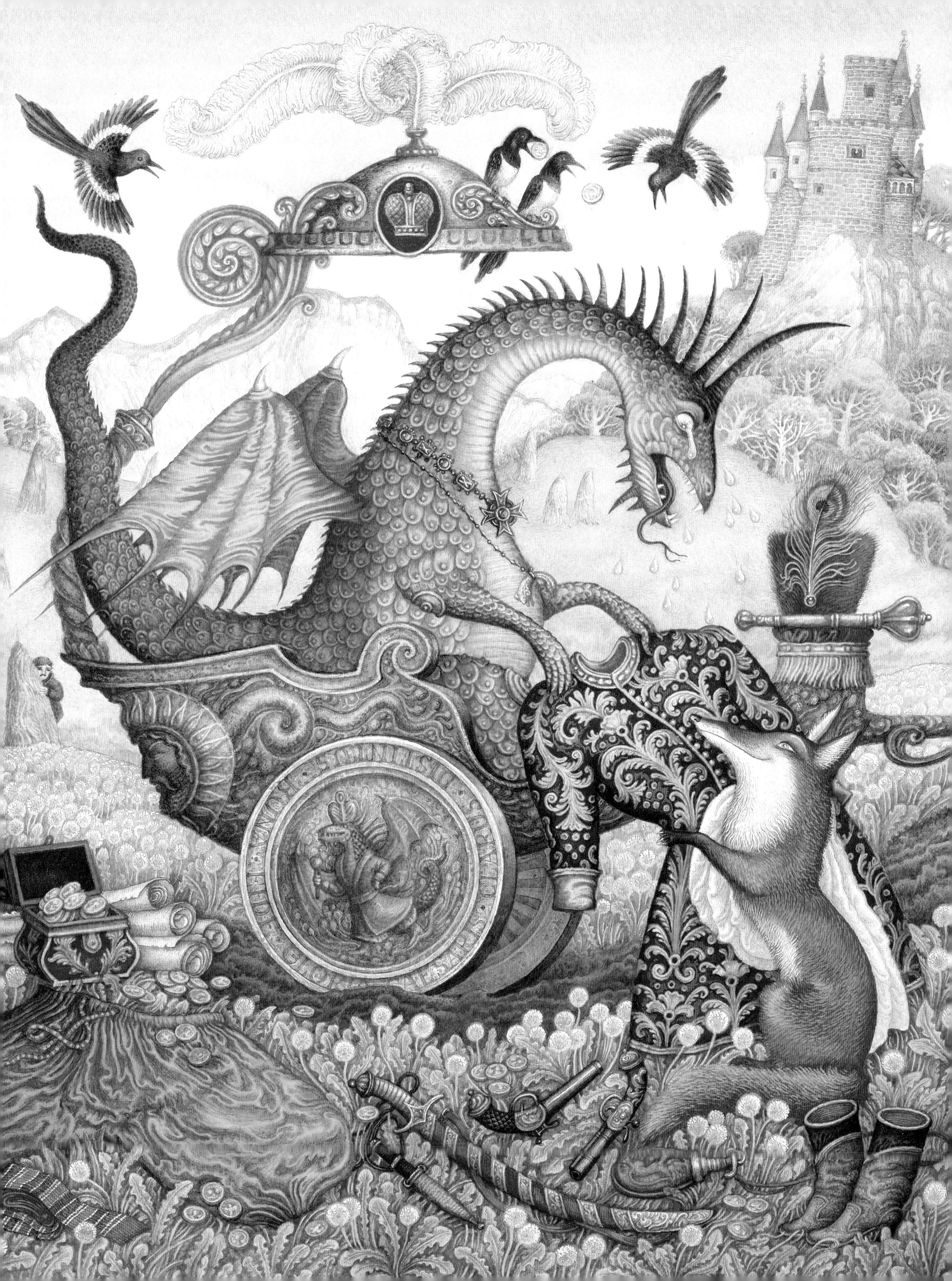

ЛЕВ І ОСЕЛ, ЩО ВДАВАВ ЦАРЯ

Мав чоловік осла. І той осел став старий, і дуже йому надокучило у господаря нагайок набирати. Покинув він його та й пішов у ліс жити. І так собі ходив, набувався і не хотів ліпшого життя, як у лісі.

Але по лісі ходив лев. І осел як побачив здалека лева, то нестямився і відразу впав на землю як неживий.

Та поки лев надійшов, осел собі роздумав, що́ має робити.

От приходить лев та й питає:

— Що ти таке?

— А ти́ що? — питає осел.

— Я — цар над усіма звірами.

— О! То ти, — каже осел,— брешеш.

— Та як ти смієш таке казати?! — заревів лев.

— Чому ж це я брешу? — питає осел.

— Бо ти неправду кажеш, адже цар — я.

— А то ж відколи ти цар? — питає лев. — Усі знають, що зроду-віку я́ цар над усіма звірами!

— Ну, коли це правда, — каже осел, — то ти мусиш мати якусь відзнаку.

— Ну, а ти маєш? — уже легше питає лев.

— Та певно, що маю, — каже осел і поволеньки встає, бо він говорив з левом лежачи.

Підіймає він задню ногу, де акурат була нова підкова прибита, та й каже:

— Бачиш? Оце моя царська печатка.

«Мабуть, він таки справді цар», — подумав лев, і дуже йому встидно стало. Але надумав зробити з ослом ще одну річ.

— Знаєш, — каже, — що? Тепер зробім ще таке: хто за годину більше звірів наловить, той і буде царем.

От розійшлися вони.

Лев пішов у ліс і зараз — там зайця, там сарну, там цапа — наловив, мабуть, штук із десять.

А хитрий ослисько пішов на велику галяву серед лісу і там простягся, мов неживий: очі вивалив, вуха опустив, ноги розкинув — здох та й решта.

Птахи, сороки, ворони позліталися роєм до нього. Зачали його дзьобати. Але осел так вправно їх по одній та по дві бив, що птахи навіть не зауважили, що їх стає дедалі менше й менше.

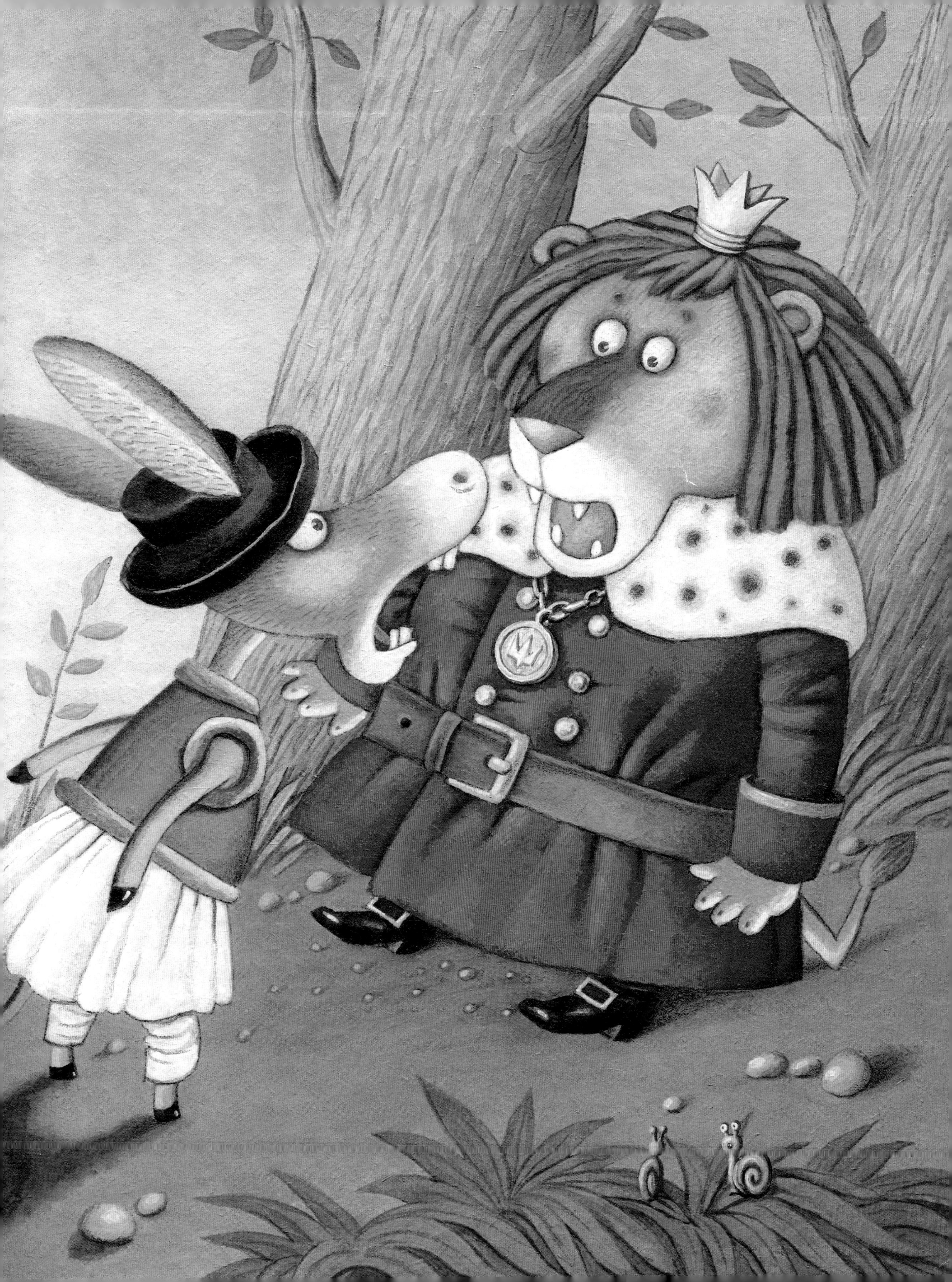

От наловив осел птахів, схопився на ноги та й іде на призначене місце, де вони мали стрінутися з левом.

Каже йому лев:

— От бачиш — я тут маю десять штук, а скільки ти маєш?

— Го-го-го! — каже осел. — Це — ніщо́, а ось я маю, може, з копу*...

*копа́: 60 штук

— Але яких? — каже лев.

— Прошу, ходи подивися, — каже осел. — Я зловив тих, що в повітрі літають, а не тих, що землею ходять!

Ще дужче засоромився лев, покинув осла та й пішов у ліс.

Але здибає його здалека вовк та й каже:

— Здоров, царю! — Вітає його як царя.

А лев став та й сумно каже:

— Я вже не цар.

— Ов, та як то може бути? Та ж відколи світ, ти нашем царем був, є і будеш.

— Тихо, не репетуй, — каже лев дрижачим голосом, — бо справжній цар тут недалечко.

— А який він на вигляд? — питає вовк.

— О, я тобі не можу й описати: вуха, як постоли́*, голова, як цебер, одне слово — страшний цар на ввесь світ!

*легке шкіряне взуття

Просить вовк лева, щоб ішов йому показати того царя, бо він дуже хотів би його побачити. Та лев не хоче, бо дуже боїться.

Каже вовк:

— Якщо боїшся, то позв'язуймо собі хвости докупи, так буде безпечніше нам разом боронитися.

От зв'язали вони собі хвости докупи та й ідуть. Виходять з лісу, дивиться лев з-за грубезного дуба — акурат є цар.

Каже лев пошепки:

— Он, бачиш того страшного царя?

— Що, — каже вовк, — хіба то цар? То дурний ослисько!

А левові почулося, що «він уже близько». Як скочить він, як почне втікати! Наче та стріла біжить лісом і розщиба́є* вовком по пнях, по корчах, аж з того дух пре.

*розщиба́ти: боляче когось кидати, вдаряти

За якийсь час лев став, озирнувся, а вовк уже й неживий.

Каже лев:

— Бачиш, друзяко, а ти казав, що цар не страшний!.. Та ти лишень з-за дерева на нього глипнув, то відразу й духа випустив!..

Та як дряпонув лев з того лісу, то ніхто його більше там не бачив аж по нинішній день. От як хитрий осел підманув царя усіх звірів!

КАЗКА ПРО ДВОХ БІЛОЧОК І ХИТРУ ЛИСИЧКУ

Дві білочки знайшли горішок і затіяли між собою суперечку.

— Це мій горішок! — сказала перша білочка. — Я його перша побачила!

— Ні, мій! — крикнула друга. — Я його підняла!

Почула цю суперечку лисичка.

— Не сваріться, — мовила вона, — я вас помирю!

Стала поміж білочок, розкусила горішок та й каже:

— Сія́ половинка належить тому, хто горішок побачив. А сія́ — тому, хто його підняв. А зеренце — мені — за те, що я вас помирила.

По цих словах дала вона білочкам порожні шкаралупки, а зерно кинула собі в рот і втекла.

От як поділила хитра лисичка двох нерозумних білочок.

Їхав пан з кучером Іваном у далеку дорогу. Їхали вони мовчки, але мовчанка обридла і пан надумав поговорити.

А в той саме час вискочив з куща заєць.

Тож пан і почав свою мову з зайця.

— От у мене в лісі водяться зайці, тільки не такі, як оце пострибав маленький, а великі. Я з-за границі привіз на розплід. Одного разу я зібрався на полювання і взяв із собою чоловік з десять загоничів. Вони нагнали на мене зайців, а я їх тільки — бах! бах! Набив десятків зо три... А одного забив такого, як баран завбільшки! Ну, а коли здер з нього шкуру, то було більш, як півпуда сала. От які в мене зайці!

Кучер слухав, слухав, а далі й каже:

— Вйо, гніді, скоро вже і міст той, що під брехунами ламається.

Почув це пан та й каже:

— Чуєш, Іване, так от які зайці бувають! Щоправда, у ньому півпуда сала, може, й не було, а так, фунтів з десять.

— Звісно, заєць зайцем, — каже Іван.

Ну, їдуть вони далі, а пан знову до Івана:

— От що, Іване, а чи скоро вже буде той місток?

— Та скоро вже, пане, — каже Іван.

— Так от знаєш, Іване, — веде далі пан, — мабуть, що на тому зайцеві і десяти фунтів сала не було — так фунтів три-чотири, не більше.

— Та мені що, — каже Іван, — хай буде й так.

Але проїхали трохи, пан покрутився на місці та й знову:

— А чи скоро, Іване, вже той міст буде?

— Так, скоро, пане, ось-ось, тільки в долинку спустимось.

— Гм, — каже пан, — а знаєш, Іване, на тому зайцеві і зовсім сала не було — сам знаєш, яке на зайцеві сало.

— Та звісно, — каже Іван, — заєць зайцем.

Спустилися в долину, а пан і питає:

— А де ж, Іване, той міст, що ти про нього казав?

— А він, пане,— каже Іван, — розтопився так само, як те заяче сало, що ви про нього говорили.

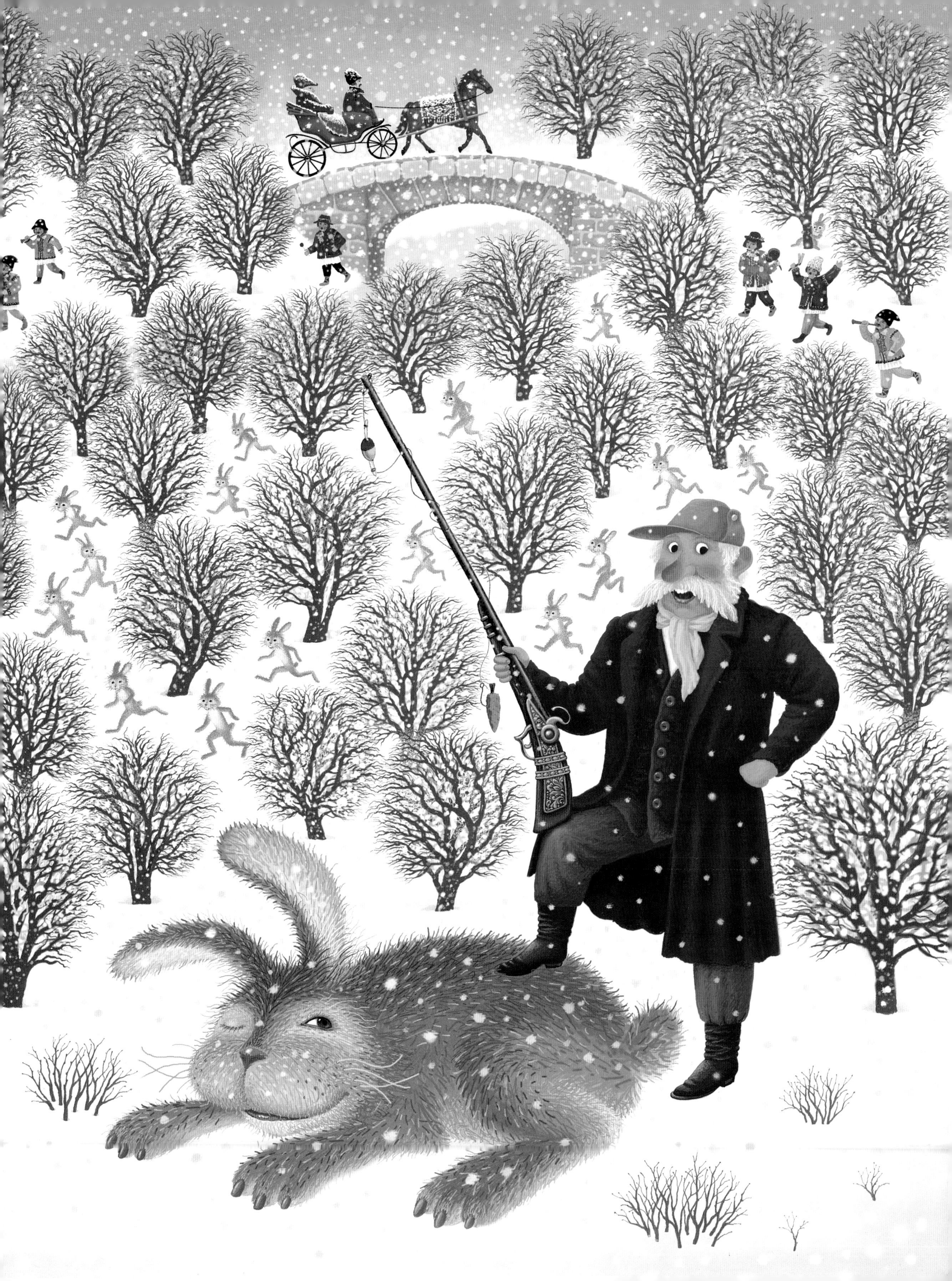

Десь під горами, під лісами жив бідний чоловік. Від першої жони у нього був син, а від другої — донька. От той син, що зостався без матері, мусив ціле літо пасти на сільській толоці корову й бичка. Мачуха давала йому тільки окрайчик сухого хліба, а сама з своєю донькою, як тільки вибирався чоловік з дому, веселилася на повну губу.

Під осінь хлопчик геть ослаб з голоду. Він гірко плакав і згадував свою маму, яка завжди давала йому до хліба сиру або сала.

«Видно, ця мачуха хоче звести мене зі світу», — думав хлопчик.

Аж раптом чує, а його бичок заговорив до нього людською мовою:

— Чого ти, хлопчику, так плачеш?

— Ох, як мені, бичку, не плакати, коли моя мачуха хоче мене голодом зморити.

— Е, коли в тому вся біда, то не плач! — каже бичок. — Підійди до мене, викрути мій правий ріг і встроми його в землю.

Хлопчик так і зробив.

Дивиться, а зверху на розі з'явився красненько застелений стіл, а на столі повно всіляких наїдків і напитків.

Ох і врадувався хлопчик! Наївся, напився та й бігає з бичком по полю.

Відтоді гостився він так кожний божий день. А йдучи на толоку, навіть не хотів брати від мачухи хліба. Мачусі це незлюбилося, і вона послала доньку подивитися, чим він обідає на полі.

А хлопчик як лиш вибрався на толоку — викрутив бичків ріг і ситненько собі погостився. Дівчина усе те бачила, прибігла додому та й каже:

— Так і так, там такі страви, що, може, і в цісаря таких нема!..

Мачуха довго морщила чоло, а ввечері побігла до чоловіка:

— Поїдь, чоловіченьку, та продай нашого бичка, бо від нього нема ніякого хісну*. Ліпше купім теличку — від неї хоч можна чекати приплоду й молока.

*хосе́н — користь

— Добре, — сказав чоловік, — завтра продам бичка м'ясникові.

Почув про те хлопчик, пішов у хлів та й плаче.

— Чого ти так гірко плачеш? — питає бичок.

— Як мені не плакати, — відповідає хлопчик, — коли мій тато завтра продасть тебе м'ясникові.

— Через таке не плач, — сказав йому бичок. — Ліпше попроси тата, щоб до того м'ясника повів мене ти.

Старий радо погодився.

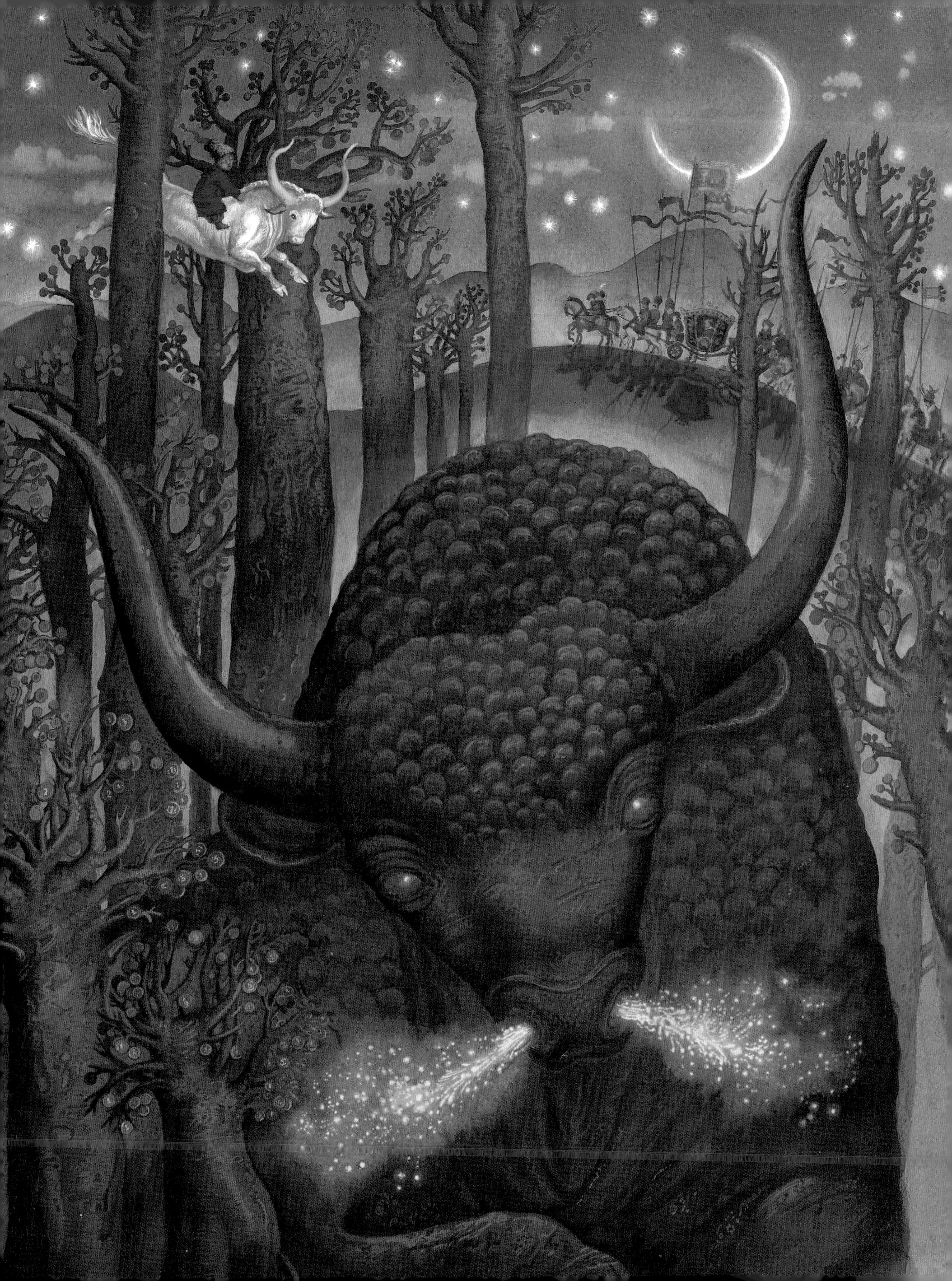

Хлопчик узяв бичка на мотузок та й пішов. Вийшли вони за село, а бичок йому й каже:

— Ану глянь, чи хтось не дивиться за нами.

Хлопчик подивився — нема нікого.

— Ну, то сідай на мене, — каже бичок.

Хлопчик сів. Бичок знявся аж у небо і полетів, як вітер! Опустилися вони на великому зеленому лузі. Хлопчик викрутив бичкові ріг і застромив його в землю. Відразу з'явився застелений стіл, а на ньому — повно всілякої страви!

— Ну, — каже бичок, — ти собі їж-пий, а я також трохи попасуся.

От хлопчик наївся-напився, дивиться — що це?! Бичок напасся грубого осоту і став з нього величезний бик.

— Ну, — каже він, — сідай на мене і добре тримайся, бо тепер полетимо через мідну хащу. Але дивися, не зламай жодної галузки. Бо в тій хащі лежить величезний мідний бик, і коли ти зламаєш галузку, він прокинеться, і я не певен, чи зможу його побороти.

Хлопчик дуже пильнував, але ненароком таки зламав одну галузку.

Ох, як зареве мідний бичисько — аж хаща затряслася!

Каже бичок хлопчикові:

— Біжи до того дерева, вийми свій ніж і тримай коло серця. Як уздриш, що я впав на передні ноги і рию носом землю, то краще сам себе вбий.

Прибіг мідний бик і вони зчепилися у лютому гніві. Довго билися, але бичок таки поборов мідного бика.

Летять вони далі і долітають до срібної хащі. А там — срібний бик, ще страшніший, ще грізніший. Але хлопчиків бичок зборов і його.

От долітають вони до золотої хащі. Як поборов бичок золотого бика, став перед хлопчиком та й каже:

— Тепер мушу тебе покинути. Скоро сюди над'їде король і візьме тебе до себе на службу. Даю тобі три вуздечки — мідну, срібну і золоту — зробиш з ними таке й таке, — сказав бичок, зірвався в небо й полетів.

Коли це й справді — їде карета, а в ній — король. Побачив він пастушка та й думає: «Який ладний хлопчик! Треба взяти його до себе». Каже:

— Чи не пішов би ти зі мною, синку? Я взяв би тебе за слугу.

Хлопець радо погодився і сів у королівську бричку.

Вдома король доручив хлопчика своєму садівникові — щоб він учився дозирати сад. Почали вони садити молоді деревця, і пішло так: що посадив садівник — щось прийнялося, а щось і ні. А що посадив хлопчик — прийнялося все. Доки він садив один саджанець, другий уже зацвітав.

Що й казати, старий садівник дуже тішився з такого помічника!

— Ого-го! Тепер ми всім трьом королівнам зможемо щорання робити букети усе з інакших квітів!

А в той час був такий звичай, що в неділю король і його челядь завжди ходили до церкви. От одної неділі наймолодша королівна заслабла і не пішла до церкви. Того дня лишився вдома й хлопець-садівник.

Коли всі пішли, він узяв подаровану бичком мідну вуздечку, потрусив нею — і в саду з'явився мідногривий кінь з мідною шаблею і пишним вбранням. Хлопець переодягся, ухопив шаблю, скочив на коня і потолочив увесь королівський сад.

А найменша королівна сиділа при вікні і все те бачила.

От вертається старий садівник з церкви і не впізнає свого саду. Кинувся він до хлопця. А той переодягся в стару одежу та й ніби спить. Страшно розгнівався старий садівник, що хлопець не доглянув саду, і дав йому добрих канчуків.

На другу неділю молода королівна знову зосталася в палаці — хотіла бачити, що буде робити хлопець-садівник.

А він осідлав срібного коня і стоптав молоді саджанці кінськими копитами.

Садівник покарав його ще дужче.

Третьої неділі хлопець уже гарцював на золотогривім коні. Немало молодих деревцят потрощив він кінськими копитами!

І знову найменша королівна дивилася з вікна. Вона бачила, як хлопець робив у саду шкоду, але спостерегла й те, що після того сад ставав ще кращий.

Минув час. Молоді королівни поставали паннами, а хлопець — легінем.

Надумав король віддати усіх трьох доньок в один день. Королівни не перечили. Це дуже втішило старого короля і він наказав зробити троє золотих яблук і три золоті калачі. А далі дав оголосити, що готовий видати заміж усіх трьох своїх доньок і просить молодих паничів сміливо приходити до королівського палацу на оглядини.

І почали приходити принци й паничі, і кожен хотів засватати котрусь із королівських доньок, бо молоді королівни були гарні, як ружі.

Король дав усім трьом донькам по золотому яблуку і золотому калачеві, і сказав, що кожна має подарувати їх тому, кого обере.

Каже наймолодша королівна:

— Я оберу нареченого тоді, як на оглядинах буде вся придворна челядь.

— Добре, — згодився король, і всіх принців та парубків вишикували в один ряд.

Старша пройшлася по ряду і віддала золоте яблуко й калач молодому принцові. Середульша теж вибрала принца. Прийшла черга вибирати наймолодшій королівні.

Пройшлася вона рядом і не побачила там одного з придворних челядників. На оглядинах не було хлопця-садівника. Та й як він міг бути? Його не брали до уваги у королівському дворі.

Королівна нагадала про свою умову і сказала, що вона не бачить тут молодого садівника. Слуги побігли в сад і привели хлопця. Наймолодша королівна пройшлася уздовж ряду і простягла йому своє золоте яблуко і золотий калач.

Зчинився переполох. Увесь королівський рід дуже розгнівався — що вона собі думає?! Тут стоять молоді принци, а вона обрала якогось слугу!

— Я обрала того, до кого лежить моє серце! — відповіла дівчина.

Що вже було чинити? Справили весілля і повінчали усі три пари. Старшим королівнам віддав король найкращі покої, а молодшу з її чоловіком відіслав у халупку для слуг.

От на другий день старий король із знатними зятями зібрався на лови. А зятя-садівника ніхто й не кличе.

Пішла молодша королівна в палац, щоб і йому дали якусь зброю і дозволили йти разом з ними. Король прогнав її раз, прогнав другий, а коли вона прийшла втретє, дав їй стару іржаву рушницю.

Узяв молодий садівник ту рушницю і подався на лови. Полювати довелося самому — він не смів стати у ряд з принцами, тож полював окремо.

Устрелив він двох зайців, розклав вогонь та й зібрався пекти свою здобич.

Тим часом знатні принци не встрелили нічого. Набрели вони на садівника та й сміються з нього:

— Ну, як твоя гарматка? Щось уполював?

— А ви? — питає садівник.

— Ми — нічого.

— Ну, а я ось уполював двох зайців.

Здивувалися принци та й просять:

— Віддай нам цих зайців.

— Добре, — каже садівник, — як дасте мені за них свої золоті яблука, то беріть.

Віддали йому принци свої золоті яблука, і кожен з них поніс додому по зайцеві. У королівському замку на них уже чекала пишна вечеря.

А зять-садівник вернувся додому з золотими яблуками і подарував їх своїй коханій королівні. Зраділа вона дуже, бо такий дарунок трапляється не щодня.

От за якийсь там час знову їдуть на лови. То зять-садівник уполював дві сарни, а принци знову нічого.

Випросили вони в нього здобич, а йому віддали свої золоті калачі.

Третього разу садівник уполював двох ведмедів, а принци — нічого. Побачили його коло вогню та й просять:

— Що б ти хотів за цих ведмедів?

— Я не хочу нічого, — каже хлопець, — бо, слава Богу, маю всього доволі. Хіба дозвольте випекти на ваших плечах печатку з королівською нагайкою.

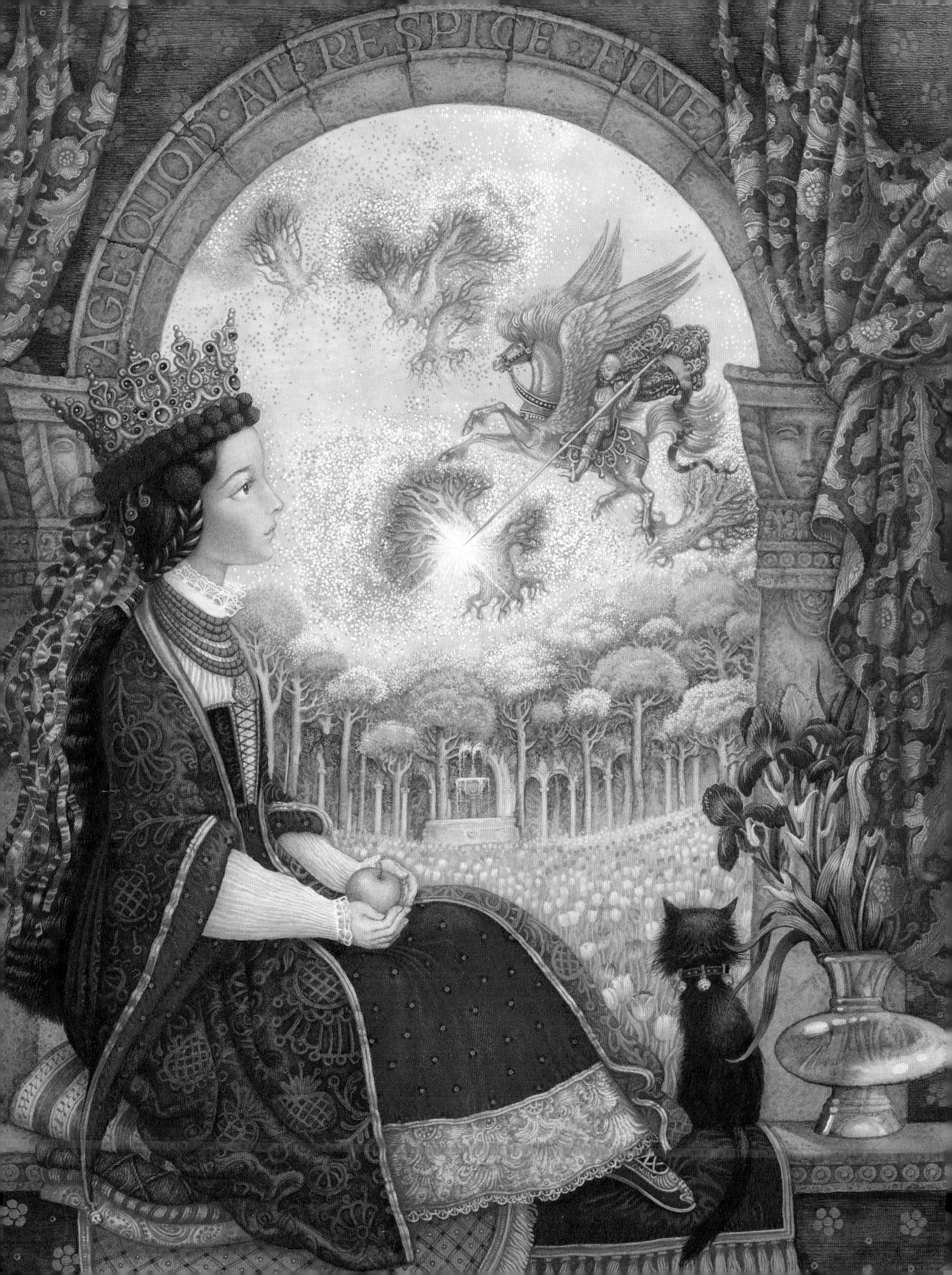
AGE · QUOD · AT · RESPICE · FINE

Здивувалися принци, але дуже їм кортіло прийти з полювання з ведмедями.

— Добре, — кажуть, — згода.

Садівник уже був готовий до такої роботи. Він вийняв з ватри розпечену дротяну печатку і спершу одному, а потім другому випік на плечі знак нагайки.

Забрали принци впольованих ведмедів і з великою гордістю понесли їх старому королеві.

Король вельми похвалив зятів за таку здобич...

Та скоро світ обернувся так, що на цього короля пішов війною сусідній король, і цей старий король не мав достатньо війська, щоб воювати. Оголошує король збройний похід, лаштується на війну сам і старші зяті разом з ним.

Молодший зять-садівник посилає до короля й свою дружину, щоб випросила в батька шаблю й коня, бо він теж хоче йти на війну.

Пішла молодша королівна і таки вблагала свого батька — дав він її чоловікові якусь іржаву шаблю й стару охлялу конячину, що вже нездужала й ходити.

Зять-садівник вдячно прийняв і таке та й подався на тій шкапині за військом. Дорогою стара коняка застрягла в болоті і геть захляпала господаря.

Як побачили це король і його зяті-принци, то мало з коней не попадали зо сміху. Лишили садівника в тому болоті та й поїхали.

А хлопець потрусив мідною вуздечкою — і перед ним з'явився мідногривий кінь з мідною озброєю. Садівник надяг ту мідну озброю, скочив на мідногривого коня, догнав своїх родичів — і лишив їх далеко позаду. Марно гукали вони за ним і просили зачекати — думали, що то якийсь принц.

А сяйний лицар на мідногривому коні прибіг на поле бою і побив-порубав усе вороже військо.

Доки король із зятями й військом добралися туди, воювати вже не було з ким.

Садівник хутко вернувся до своєї старої шкапини, що застрягла в болоті, і коли принци переможно верталися додому, він усе ще вовтузився з нею. Ох, як голосно реготало панство з бідного родича, та ніхто не став йому в поміч.

За якийсь час сусідній король знов пішов на них війною.

І цього разу хлопець-садівник подався на війну на своїй шкапині. А коло болота потрусив срібною вуздечкою — і полетів на битву срібним конем у срібних озброях. І знову розбив він вороже військо.

От оголошує той сусідній король війну і в третій раз.

Тепер летить лицар-садівник на золотім коні і в золотих озброях. І втретє розбиває він вороже військо. Але цього разу вже зачекав на полі бою короля із зятями, бо мав поранений мізинець.

Приїхав король, відірвав половину своєї хусточки і власноруч перев'язав пальця рятівникові своєї держави.

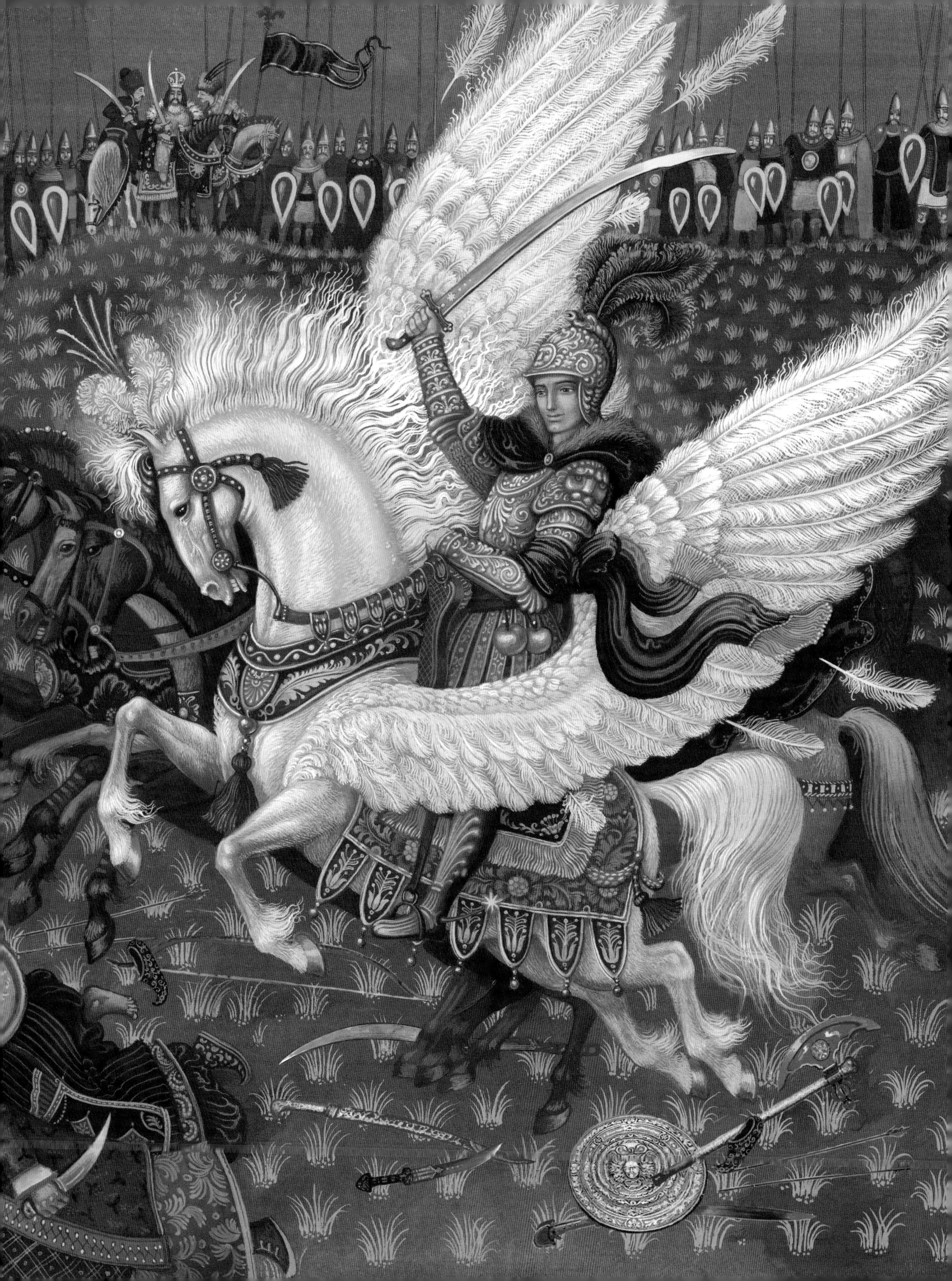

Та тільки взявся розпитувати, що він за один, що вже втретє його рятує, золотий лицар скочив на коня — і лиш дим та вітер за ним! Ніхто його не впізнав.

Коли король із принцами вертався додому, зять-садівник усе ще морочився в болоті зі своєю шкапою.

І наказав король врядити пишну забаву. На радощах згадав він і за наймолодшу свою доньку, бо як-не-як, а то теж його дитина. І послав він по неї слугу, щоб покликав її з чоловіком на королівську гостину.

Приходить слуга до тієї халупки, зазирає в дірку від ключа і бачить, що зять-садівник спить, рука йому звисла з ліжка, а з одного пальця скрапує кров у підставлену таріль. Молодша королівна сидить біля нього і бавиться трьома золотими яблуками — підкидає їх і ловить, підкидає і ловить.

Біжить слуга до короля:

— Так і так, — каже. — Він спить, а королівна бавиться золотими яблуками.

Не повірив король — висварив того слугу і послав туди другого. Коли ж і той слуга каже йому те саме. Але тепер королівна підкидала вже золоті калачі.

За третім разом розлючений король пішов туди сам.

Зігнувся в низьких дверях, заходить до халупи, дивиться — аж усе правда. Молодша королівна бавиться трьома золотими яблуками й трьома калачами, а мізинець зятя-садівника перев'язаний… його королівською хусточкою!..

Наказує старий король привести до палацу їх обох — сироту-садівника й молодшу свою доньку. Склúкав усю родину й питає своїх зятів-принців:

— А де ваші золоті яблука й золоті калачі?

Бачать принци, що тесть не жартує, і слово за слово призналися йому про лови і про здобич.

А король звідує далі.

— А що вони дали тобі за ведмедів? — питає наймолодшого зятя.

— Нічого не дали, — каже хлопець. — Але дав їм я — випік обом на плечах по королівській нагайці.

Як побачив король ті знаки, узяла його страшенна лють.

— Раз ви позволили випекти на своїх плечах нагайки, то дам і я вам тих нагайок — по двадцять п'ять кожному!

І наказав своїм слугам тут-таки, привселюдно, уволити його волю.

А наймолодшому зятеві-садівникові, що тричі рятував їхню державу, віддав усе королівство.

У тій хвилі в кишені молодого садівника струснулася золота вуздечка, і вчинився з нього такий золотий лицар, що всі в палаці так і поторопіли з дива!..

Отак, добрі люди, бідний хлопець став королем. Бо щастя мав!

ПРО ІВАНА БАГАТОГО

Іван Багатий жив у курені в одних штанях і мав собі кота. От купить він, бувало, сала та хліба, а кіт і поїсть. Упіймав Іван того кота, побив і прогнав.

Розсердився кіт на свого хазяїна, пішов позивати його до царя. Іде та й іде, зустрічає його вовк.

— Здоров, котику!

— Здоров, вовче!

— Куди ти, котику, йдеш?

— Іду, — каже, — до царя, позивати Івана Багатого.

— Підемо й ми з тобою, котику, бо нас теж б'ють і проходу не дають.

— Скільки ж вас є?

— Нас є сто, — відповідає вовк.

— Добре, — каже кіт, — як так, то й так: збирайтеся всі, скільки вас є.

От зібралися вони та й ідуть до царя. А кіт попереду побіг.

Прибігає до царя та й каже.

— Здоров, царю!

— Здоров, котику!

Прислав тобі Іван Багатий сто вовків на дарунок.

— Спасибі, — каже цар, — за такий дарунок.

А тут уже й вовки прибігли, стоять надворі. От цар зараз звелів стрільцям обступити вовків. Стрільці обступили і позаганяли їх у кошари.

А котик той побіг до куреня, побачив, що Івана Багатого нема вдома, знайшов сало і з'їв.

Прийшов Іван до куреня, дивиться, а котик сидить у кутку і облизується.

«Оце — думає Іван, — мабуть, знову моє сало поїв!»

Кинувся до сала — нема. Піймав він кота, вибив-вибив та й прогнав з куреня.

Побіг котик знову до царя позивати Івана Багатого.

Біжить та й біжить, зустрічають його кабани дикі.

— Куди ти, котику, йдеш?

— Та йду, — каже, — до царя позивати Івана Багатого.

— За що ж ти його позиватимеш?

— Та він уже, — каже, — два рази мене бив. Останнього разу так мене відперіщив, що я два дні за куренем лежав, уже думав, що й пропаду.

— Підемо й ми з тобою, — кабани кажуть, — бо й нас б'ють і проходу не дають.

— А багато вас?

— Сто.

— Збирайтеся ж усі як один, щоб ми разом до царя прийшли.

От іде котик попереду, а кабани за ним.

Прийшли до царя, кіт побіг наперед та й каже:

— Здоров, царю!

— Здоров, котику! А що ти нам скажеш?

— Прислав тобі Іван Багатий сто диких кабанів на дарунок.

— Подякуй Іванові Багатому за його дарунки.

От звелів цар своїм стрільцям, щоб ті обступили тих кабанів і всіх у льохи позаганяли.

А котик побіг до куреня і знов усе сало з'їв.

Вертається Іван Багатий — нема сала. Відлупцював він котика ще дужче.

Вичуняв трохи той котик та й побіг до царя знов позивати Івана Багатого.

Біжить та й біжить, коли зустрічає дорогою зайців.

— Здорові були, зайці!

— Куди йдеш, котику?

— До царя, позивати Івана Багатого.

— Що ж він тобі зробив, що ти його позивати йдеш?

— Уже тричі так мене відшмагав, що я мало й життя не позбувся.

— Чи не можна було б і нам з тобою піти?

— Чого ж ви до царя підете?

— Та нас теж б'ють і проходу не дають.

— А скільки ж вас?

— Сто.

— Глядіть же, — каже кіт, — щоб ви всі прийшли до царя.

— Добре, — кажуть, — усі разом так і підемо у царський двір, як овечки в кошару.

От узяв їх котик з собою: сам біжить попереду, а зайці за ним скачуть.

Прибігає котик до царя та й каже:

— Здоров, царю!

— Здоров, котику! А що ти нам тепер скажеш?

— Прислав тобі Іван Багатий сто зайців на дарунок.

— Подякуй йому, — каже цар, — і скажи, що в мене є дочка, нехай він приїжджає сватись. (Цар, бачте, думав, що Іван Багатий справді-таки багатий.)

— Добре — каже котик, — скажу. Та він, може, ще й не захоче приїхати до вас.

— А то ж чому не захоче? Ти йому скажи, що в мене землі, золота, срібла й усякого добра таки чималенько.

— Добре,— каже котик, — скажу.

От прибігає котик до куреня та й каже:

— Іди, Іване, зі мною до царя — я тебе оженю.

— Як же я піду, коли я в самих дірявих штанях?

— Іди, йди! Я тебе в дорозі одягну.

От підходять вони до царського двору, котик Івана подряпав, подряпав та й побіг.

Сів Іван та й думає: «Що тут робити? І додому б вернувся, та дороги не знаю. Оце проклятий котяра віддячив мені за те, що я його бив...»

А котик побіг до царя та й каже:

— Ой царю, нас перестріли розбійники, відібрали і гроші, і одяг, і коней, а Івана Багатого побили мало не до смерті.

Цар наказав дати одежу і вислав коней.

Івана одягли, взули і привезли до царя.

Пожив він там з тиждень, а може, й більше. Уже й весілля відгуляли, пора молоду додому везти, а він усе гостює.

От цар збирається до зятя їхати. Іван Багатий і каже до котика:

— Куди ж ми їх повеземо? Ти ж сам знаєш, що у нас курінь.

— Я тебе, — каже котик,— заведу до палацу! Не журись!

Побіг котик попереду, а вони за ним їдуть. Військо теж іде, з гармати бабахкає.

Котик побіг та й побіг, коли дивиться — при дорозі пастух пасе коней.

Котик і питає:

— Чиї то коні?

— Змієві, — каже пастух.

— Не кажи, — навчає котик, — змієві. Кажи — Івана Багатого, бо грім тебе вб'є.

От під'їхав цар та й питає пастуха:

— Чиї коні пасеш?

— Івана Багатого, — каже пастух.

— О, в нас таких коней нема, як у нашого зятя, — дивується цариця.

А котик далі побіг. Аж дивиться — пасе пастух худобу. Він його й питає:

— Чия то худоба?

— Змієва — каже пастух.

— Не кажи, що змієва, — навчає котик. — Як хочеш ще на світі пожити, кажи — Івана Багатого.

Під'їжджає цар та й питає:

— Чия то худоба?

— Івана Багатого, — відповідає пастух.

Цариця подивилась, подивилась та й каже:

— Яка в нашого зятя худоба гарна! У нас такої нема.

А котик тим часом уже підбігає до палацу. Виходить змій, а котик і питає:

— А чий то палац?

— Мій, — каже змій.

— Вибирайся швидше звідсіль, бо грім летить — він тебе вб'є. Чуєш?

— Де ж я, — каже змій, — подінусь?

— Лізь, — наказує котик, — у суху вербу, в дупло.

От змій поліз у дупло, а кіт його й заткнув соломою.

Вибігають змієві слуги, а котик їм і каже:

— Ви нікому не кажіть, що це зміїв палац, а кажіть — Івана Багатого. Он, бачите, змій уже в дуплі сидить, то й вам те буде, як мене не послухаєте. Та глядіть, щоб усім гостям було що їсти й пити.

Приїжджає цар у той палац, а там йому їсти й пити — чого тільки душа забажає.

От усі наїлись, напились, а котик і каже цареві:

— А закомандуйте: чи попадуть ваші стрільці у ту суху вербу з гармати?

От стрільці як бабахнули — верба розлетілася і змій пропав.

А Іван Багатий з царівною почав собі жити в тому палаці. І котик разом з ними.

Ще й донині, мабуть, жили б, але котик як котик — знов поїв усе сало, тому нашої казки й не стало.

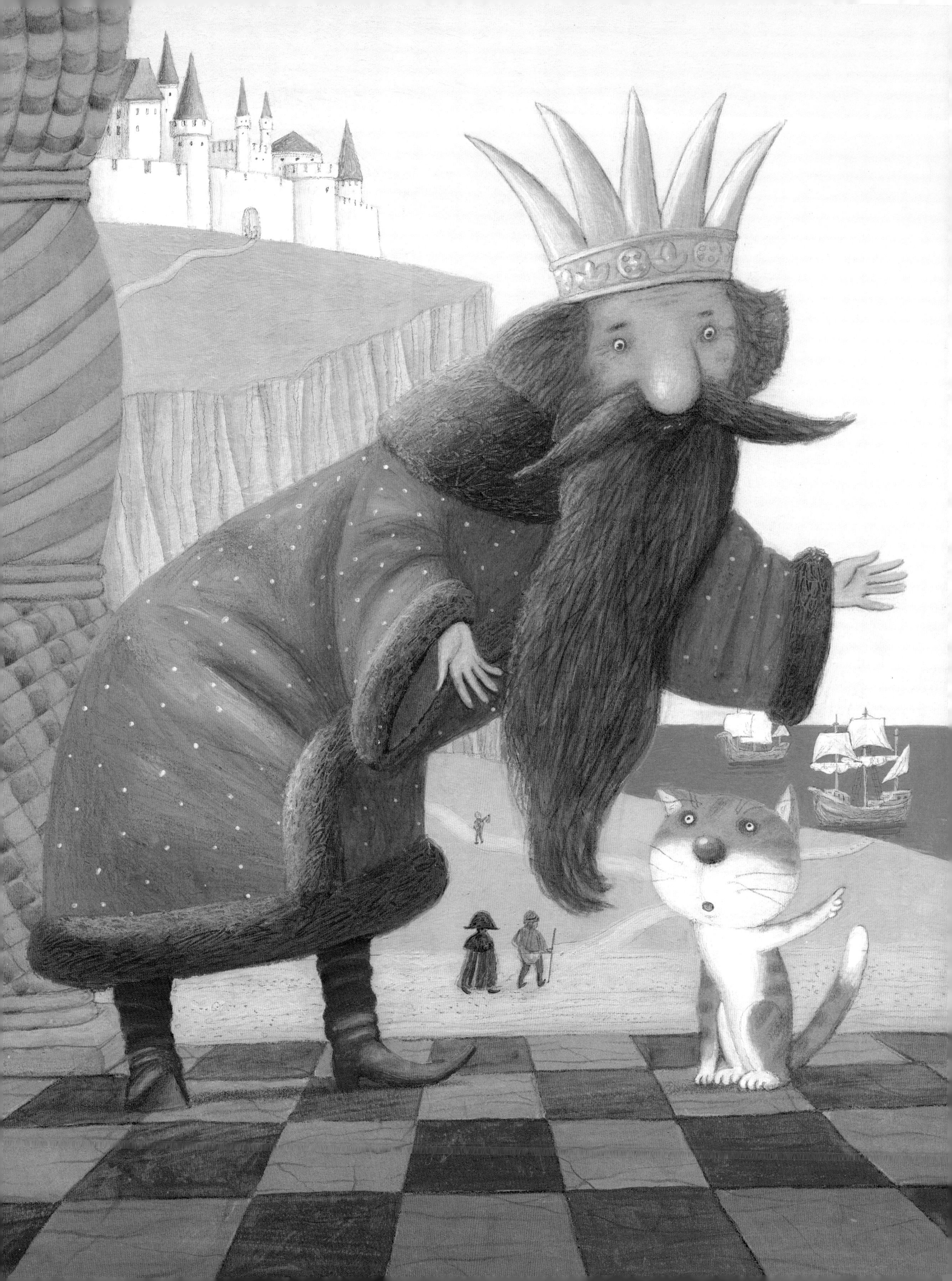

Попросилася лисиця у ведмедика в горо́ді:

— Дай мені, ведмедику, горо́ду свого половину, посаджу ріпки в тебе.

— А як же ми будемо ділиться?

— Тобі буде, ведмедику, верховіння, а мені — коріння.

От посадила лисичка ріпку. Росте, росте ріпка, уже й виросла.

Пішла лисичка — о, вже можна ріпку тягти.

— Ну, ходи ж тепер, ведмедику, будемо ділиться: забирай своє верховіння, а я — коріння.

Роздивився ведмедик: нема з верховіння ніякого толку. Гребнув глибше під спід, аж там ріпка смачна-пресмачна. Розсердився ведмедик на лисичку:

— Це ж ти мене обманула! На другий рік я вже тобі відплачу.

От діждали вони весни, іде лисичка до ведмедика та й знову просить:

— Дай мені, ведмедику, горо́ду свого половину, посію трохи маку.

— А як же ми будемо ділитись?.. Хай уже мені буде коріння.

— Як хай, то й нехай, — каже лисичка.

От насіяла вона маку. Росте той мак і росте. Вона його пополола і повисмикувала.

— Ходи, ведмедику, будемо ділиться.

От забрала лисичка верховіння, а він забрав коріння. Та знайшов маківку, витрусив на лапку, укинув у рот — і знову розсердивсь на лисичку.

— Постій же ти, канальська лисичко, прийдеш ти ще, от тоді й побачимо!

Діждали третього літа. Лисичка знову йде:

— Дай-таки, ведмедику-братику, мені горо́ду свого половину.

— Я на тебе, лисичко-сестричко, серджуся дуже: ти двоє літ садила, а я так нічим і не поживився.

— Ну, таки дай, братику, то, може, й поживишся, — просить лисичка.

— Ну, то нехай же ж тепер уже мені верховіннячко буде.

— Нехай-нехай, братику, нехай! — каже лисичка.

От узяла вона й насіяла моркви. Росте та морква, росте. Вона пополола її; а як поспіла — висмикала з землі і позвала ведмедика:

— Іди, братику, будемо ділиться.

Пообрізувала йому верховіння, а собі — коріння.

Ох і розсердився ведмедик! Та з того-то часу й зарікся з лисичкою справу мати.

А на другу весну розвів пасіку та так розхазяйнувався, що від року до року медом ласував. На те він і ведмедик.

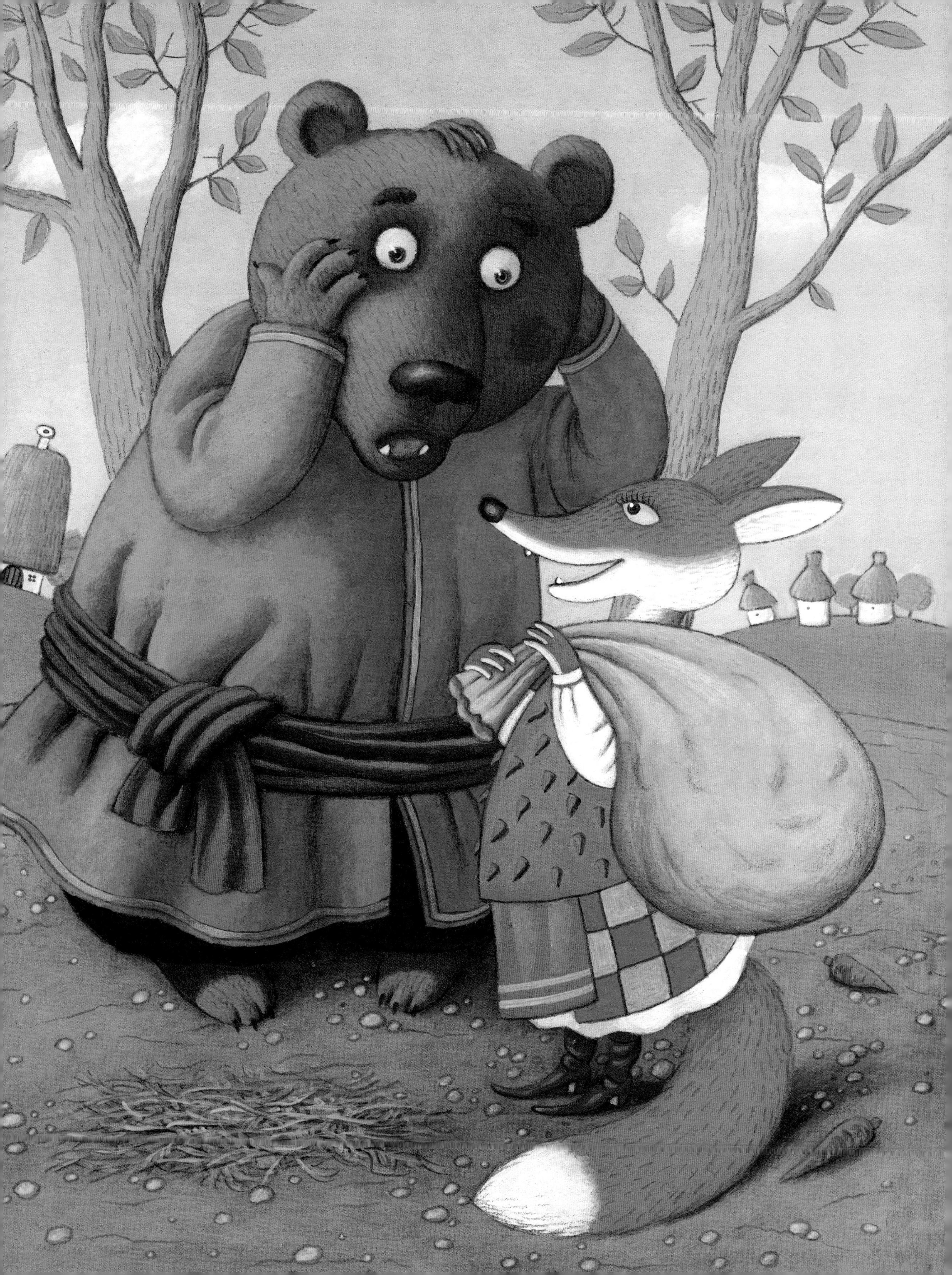

Було де не було, а в одного батька був один син. От дійшов той син літ та й каже:

— Благословіть мене, тату, поїду я в світ погуляти трошки.

Їде він три дні й три ночі і ніде нікого не стрічає. На четвертий день заблудив у густому пралісі та аж під вечір виїхав на якусь галявину. Дивиться — стоїть хатка і стайня, але ніде — нікого. Завів коня до стайні, зайшов у хатку, а там — їсти-пити чого душа забажає і ліжко розстелене. Їсть парубок, а на столі нічого не меншає, а ще й прибуває.

Як наївся, написав на дверях: «Тут відпочиває Олекса. Ніхто не сміє його будити аж до рання». Та й заснув як убитий.

Зранку встає, дивиться в вікно, а навкруги, куди оком кинь, густий ліс, а серед лісу — гора. На тій горі росте дуб, а під дубом — військо, як чорна хмара! А на дубі сидить старе зморщене бабище і тим військом командує.

Лишень виїхав за ворота, а військо — на нього.

Зачинає Олекса рубати наліво й направо. І так — аж до темної ночі. От зама- *перемагає*
га́є* він останнього вояка, а відьма — скік із дуба! — та й сховалася в печеру.

Вертається Олекса до хатки — наївся-напився і ліг спати.

Коли це на другий день знову того війська, як трави та листу! А та клята відьма має в печері такий верстат, що коли хто переб'є за день її військо, вона сідає за той верстат і робить за ніч нову армію.

Бився парубок аж до вечора, а пробити собі дорогу так і не може.

На третій день виводить відьма на Олексу свіже військо.

Кинувсь на нього Олекса й прорубує собі дорогу до дуба. Вже от-от до нього дістане.

Бачить баба, що біда, — скочила з дуба — та в печеру!

Махнув Олекса шаблею — відьму не вбив, але ногу їй таки відтяв.

До вечора розправився з усім тим військом, зсукав собі довгий аркан, при-в'язав його одним кінцем до дуба та й поволеньки спустився в печеру. Коли дивиться — аж там цвітуть черешні, вишні, співають пташки, а серед саду стоїть величезний палац з двома левами при вході.

Кинулись ті леви до нього, а він махнув шаблею і відтяв обом левам китиці *Ле́гінь —*
на хвостах. Зараз постали з тих левів два ле́гіні* та й кажуть: *парубок*

— Красно дякуємо, Олексо, що визволив нас від бабиних чарів, бо ми б тут довіку звірували. За це ми й тобі в пригоді станемо. Баба дуже нарікає, що ти на тім світі відтяв їй ногу. Тепер вона не може сидіти за верстатом і робити нове військо. Але вбити бабу ще тяжко. Випий цього вина, тоді її, може, й побореш.

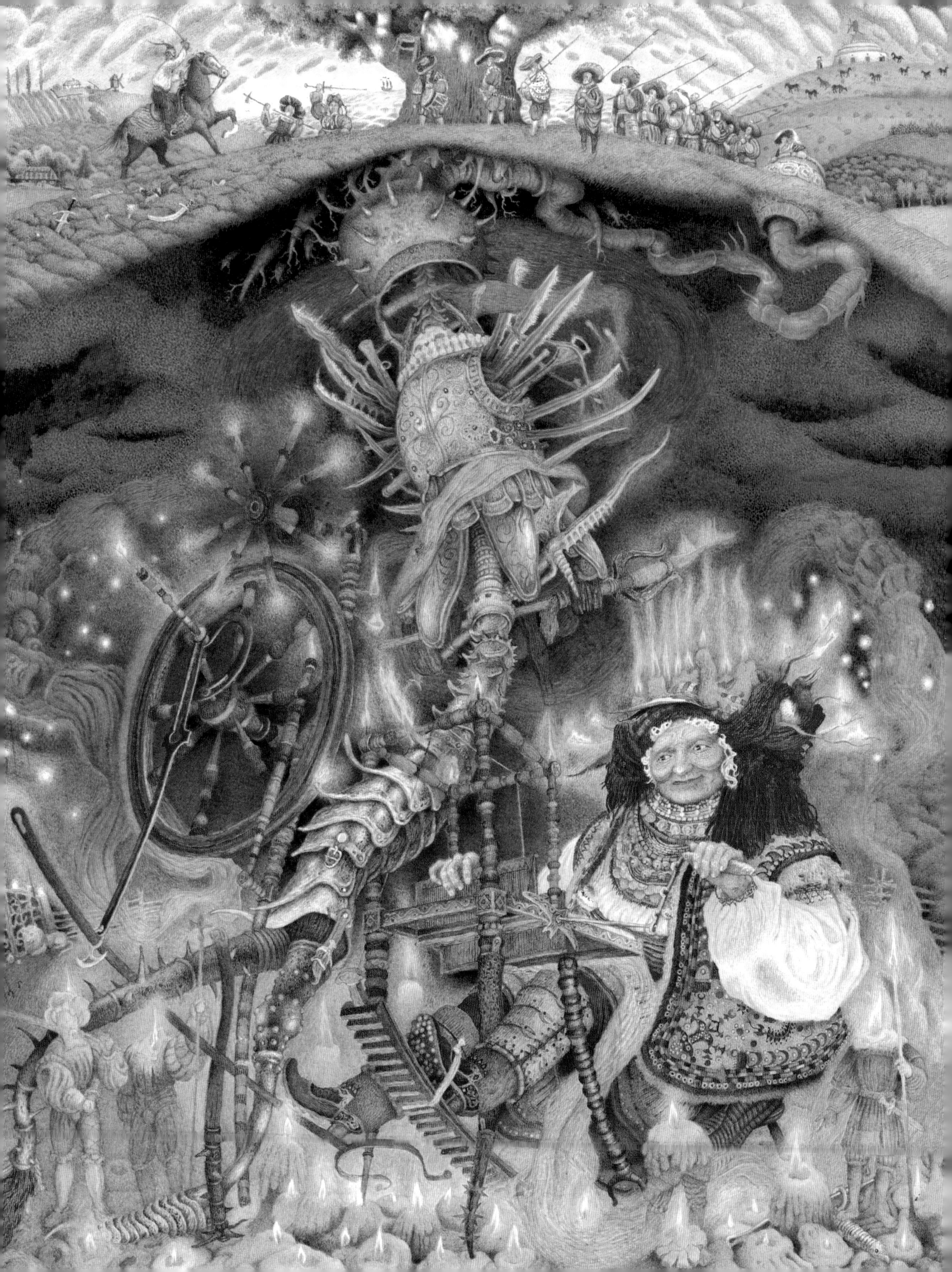

Випив Олекса вина, заходить у палац до відьми, а та лежить на круглому ліжку і в головах над нею висить меч. Хапнула вона того меча, скочила на одну ногу й кинулась до Олекси. Б'ються вони, б'ються — баба аж у зуби скрипить, а нічого йому не вдіє. Билась так, аж піт чорний з неї поливсь.

— Гей, Олексо, — каже відьма, — а коли твій батько оре, чи дає він коням перепочити? Дай і мені крихту передихнути.

— Гей, клята бабо, я нікому перепочинку не даю! — Махнув шаблею — і розсік бабу, як капусту.

Виходить з палацу, а ті легіні, що були левами, кажуть:

— У бабиної сестри є син — Чорний Полони́н. Він полонив молоду короля́вну — файну, як біла ружа. І вже три роки як домагається її, а вона — не дається. Може, спробуєш щастя?

— Не знаю, чи то велике щастя, але коли так, то хай і так. А як це зробити?

— Спершу маєш знайти Полони́нову матір — стару босорканю. Наймешся до неї, а за службу попросиш коня. Бо лиш на її коні зможеш утекти від Чорного Полони́на.

Подякував Олекса тим легіням та й пішов. Іде він, іде, і вже так зголоднів, що ледве ноги волочить. Сів під корчем, аж там у старому пні бджоли гніздяться.

«О, — думає, — розломлю пень і хоч меду наїмся».

Коли надлітає до нього бджолина матиця та й просить:

— Не потлогáр* нашого гнізда, козаче. Краще візьми собі моє крильце. Як буде тобі тяжко — покрутиш ним, і всі бджоли тобі в пригоді стануть.

*потлогáрити: руйнувати, нищити

Послухав її козак і не рушив гнізда. Пішов собі далі.

Іде, йде, аж бачить — при дорозі мурашник.

«Ну, — думає, — доведеться мурашині яйця їсти, щоб з голоду не вмерти».

Коли ж вилізає найстарша мурашка та й просить:

— Ми знаємо, козаче, що ти добрий чоловік. Не руш нашого гнізда. Ми тобі колись за це віддячимо. От тобі моє крильце: як спотребиться наша поміч — покрутиш ним, і ми в хвилині будемо тут.

Хоч як хотів Олекса їсти, а таки послухавсь мурашки.

З лісу дорога вивела його до моря. Іде він берегом, дивиться — рак лізе.

«О, — думає, — аж тепер підобідаю!..». А рак просить:

— Не їж мене, Олексо, бо маю дітей маленьких. Я тобі у великій пригоді стану. Візьми собі мою клешню.

Постояв козак над ним та й кинув рака у воду. Недалечко й відійшов, як побачив на горі величезний палац, обгороджений залізним частоколом. І на кожному залізному стовпі — людська голова. Лиш на одному нема.

«Ну, — думає, — чи не моїй голові тут стриміти?».

Тільки подумав, коли це виходить з палацу старезна босорканя та й питає:

— А чого ти прийшов сюди, небоже?

— Прийшов, бабцю, проситись на службу, — каже.

— А що хочеш за службу?

— Хочу коня з твоєї стайні.

— Добре, будеш кобили́ пасти. Як перепасеш три дні, дістанеш коня. А не перепасеш — мій син Чорний Полони́н наниже твою голову на отого стовпа.

Вдарили по руках. Дає баба парубкові вечеряти та й каже йти спати.

Повечеряв Олекса, а решту їжі кинув котикові, що крутився коло столу.

От виходить він надвір, а котик — за ним. Та й каже:

— Ти лише вдавай, що спиш, а опівночі послухай, що баба казатиме своїм кобила́м. І знай — то не кобили, то — чортиці!

Опівночі приходить відьма до стайні й наказує:

— Завтра втечете з пасовища і сховаєтесь у дупло.

Уранці дає баба Олексі коржика, спеченого на сонному зіллі, і він з кобила́ми йде на пасовище.

З'їв легінь коржик і відразу заснув. Прокидається — пора кобили́ гнати додому, а їх нема. Зажуривсь Олекса, але згадав за бджолине крильце. Покрутив ним — аж прилітає бджола:

— Чого зажурився, Олексо?

— Та от пас відьмині коні, а вони кудись пощезали. Тепер баба голову мені відітне.

— Не журися, коні зараз будуть.

Налетіла хмара бджіл, накинулась на ті кобили́ й пригнала їх на пасовище:

— Рятуй нас, Олексо, бо гинемо!

Приганяє Олекса їх додому — дивується баба. Дає хлопцеві вечеряти, а сама йде до стайні. Легінь тихенько йде на́зирці за нею.

А відьма взяла залізний прут, періщить кобил і примовляє:

— Чи я не казала вам утекти в дупло?

— Ми й повтікали, — кажуть кобили, — але напали огненні мухи, і якби не Олекса — заїли б нас до смерті.

— Завтра сховаєтесь у синьому лісі, — наказала.

Уранці знов дає баба парубкові спеченого коржика. Погнав Олекса табун на поле, з'їв коржик та й заснув. Проспав аж до вечора.

Надвечір прочу́мався, а табуна нема. Зажурився Олекса, але згадав, що має мурашине крильце. Покрутив ним, а мурашка вже й питає:

— Чого тобі треба, Олексо?

— Та пропали мої коні, — каже. — Як не поможете знайти — буде мені амінь.

Не встиг легінь і очі добре протерти, як біжать кобили й просять рятунку, бо мурашки лізуть і в очі, і в ніс, і в вуха.

Приганяє Олекса їх додому, а баба така люта, аж очима світить. Дає йому вечеряти, а сама — до стайні.

Парубок — на́зирці за нею.

Баба взяла залізний прут і так ті кобили́ періщить!

— Чому ви не втекли у синій ліс?! — питає.

— Ми втекли, але Олекса — сильний чарівник, бо напустив на нас мурашки з усього світу, і ми не могли дати ради. Він сильніший за Чорного Полони́на!

Наказує відьма:

— Завтра сховаєтесь у море, на саме дно.

Зранку спекла коржика, дала Олексі, і він погнав кобили́ на пасовище.

Припекло сонце, легінь з'їв коржик та й знову заснув. Пробудився — сонце на вечір схилилось, а коней нема.

«Ой, пропав я! — думає». Але нагадав собі, що має ще клешню ракову. Покрутив нею — а рак тут як тут.

— Чого хочеш, Олексо?

— Десь пропали мої коні. Як не пржину їх до відьми — піде моя голова на палю.

— Не журися. Вони зараз будуть тут.

За якусь хвилю море стало чорне від раків. Пливуть кобили до берега, а на них раків, як оводів.

— Йой, Олексо, рятуй, бо гинемо!

Приганяє він кобили́ додому, а баба аж у зуби рипить:

— Перепас, Олексо?

— Перепас. Тепер давайте плату.

Пішла відьма до стайні, а котик каже:

— Біжи, Олексо, і добре слухай, що скаже баба.

От відперіщила баба ті кобили залізним гарапником та й каже:

— Через вас Олекса може вбити мого сина. Вродіть мені троє лошат.

Вродили кобили по лошатку. Відьма вийняла з двох серця і вложила третьому. Ці, що без сердець, такі коні, як змії, а той, з трьома серцями, ледь живий.

Зранку кличе відьма Олексу:

— Іди коня собі вибирати.

А котик каже:

— Бери того хирлявого, він — з трьома серцями. Вона не схоче давати, але ти не відступайся.

От заводить баба легіня до стайні та й каже:

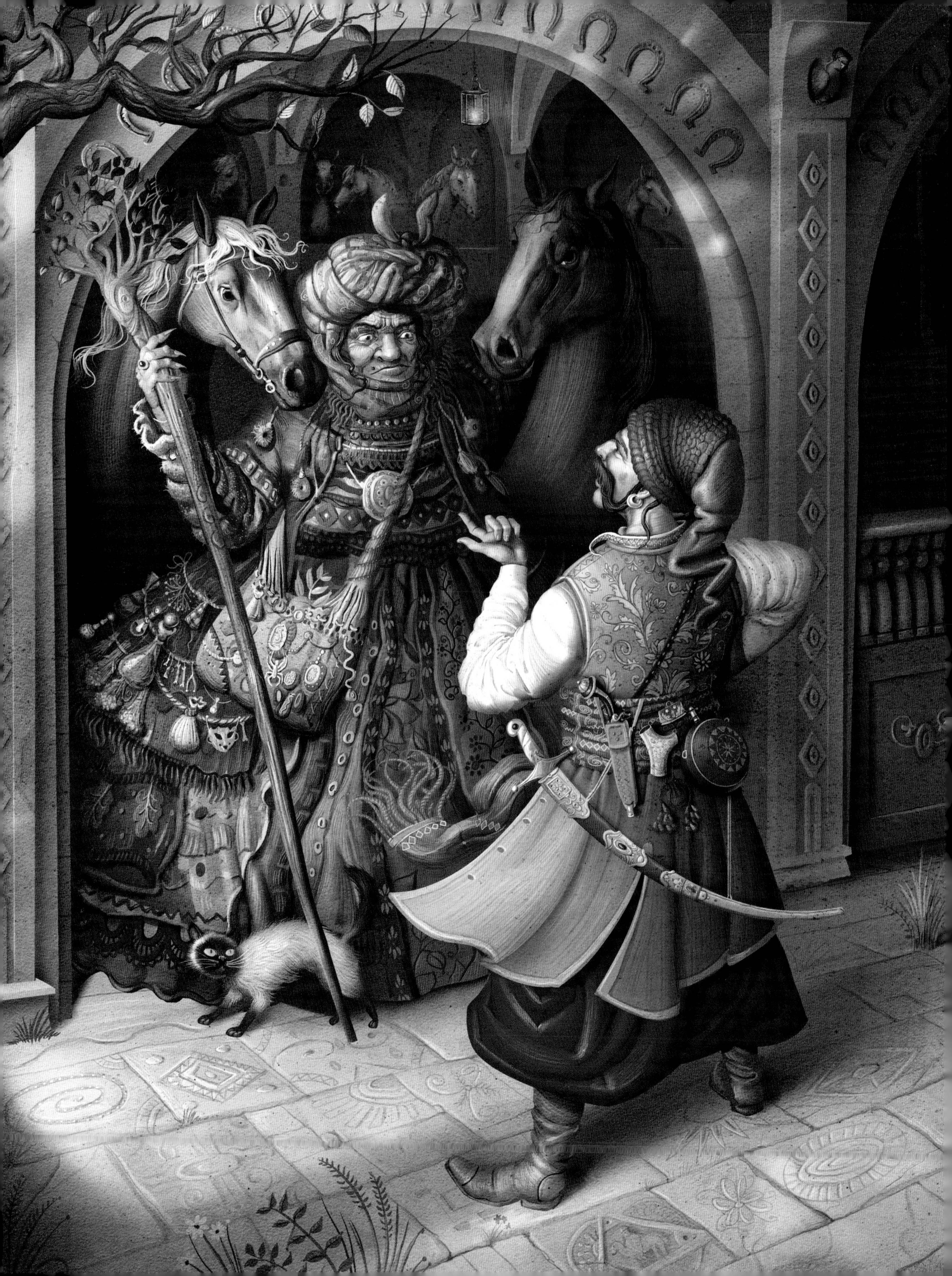

Цієї ночі кобили вродили двоє лошат як лошат, а третє — якесь хирляве. Вибирай, котре ліпше.

— Ой, бабцю, — каже Олекса, — та за три дні доброго коня ніхто не заслужить. Візьму собі цього найгіршого. Яка служба, така й плата.

А баба ніяк не хоче віддавати те лошатко. Парубок просить, а вона й слухати не хоче.

— Як не даєш — зараз кличу сюди своє військо! — сказав Олекса.

Покрутив крильцями, покрутив клешнями — злетілися бджоли, прибігли мурашки, прилізли раки, — як зачали бабу їсти, то вона верещала як скажена. Тільки самі кістки з баби лишилися.

Як не стало відьми, зробився з котика молодий легінь та й каже:

— Колись Чорний Полонин викрав мене у моїх тата й мами, а баба обернула мене на котика. Тепер я вільний і служитиму тобі за це до самої смерті!

Іде Олекса до відьминої стайні і хоче сідлати того коника з трьома серцями. А коник просить:

— Лиш не сідай на мене відразу, бо я ще не я. Спершу попаси мене на трьох росах.

Попасся коник на трьох росах — став, як орел.

Сідлає його Олекса, а кінь і каже:

— Дай мені, Олексо, попастися ще на трьох росах.

От попасся він, і став, як лев.

— Дозволь мені, Олексо, ще на трьох росах попастися, — просить.

Як попасся той коник на дев'ятьох росах — став, як змій.

— Отепер сідай на мене, поїдемо визволяти королівну.

Полетів кінь за вітром та й опустився коло палацу Чорного Полони́на.

Як побачила королівна, кинулась до нього, заплакала та й просить:

— Тікай, парубче, поки не пізно, бо від Полони́на ще ніхто не врятувався!

— Як утікати, то разом з тобою, бо я приїхав по тебе, — каже легінь.

Сіла королівна з ним на коня та й полетіли. Повернули по того легіня, що був котиком, забрали його з собою та й їдуть утрьох.

Тим часом вертається Чорний Полони́н додому і підганяє нагайкою свого коня:

— Ступай швидше, бо їдемо до королівни на чай.

А кінь йому:

— Можеш мене не підганяти, бо вже Олекса забрав твою королівну.

Роззлостився Чорний Полонин, аж іскри з очей крешуть:

— Як дожену — посічу їх на дрібен мак!

Випили вони з конем сто бочок вина, з'їли три печі хліба, і зірвався кінь з Полони́ном як вихор.

Доганяють легіня, а кінь з трьома серцями й каже до коня Чорного Полони́на:

— Брате мій, ти знаєш, що в мене троє сердець і я давно міг утекти, але хочу, щоб світ позбувся цього страшного Чорного Полонина.

А кінь Полонинів і питає:

— А що я маю робити?

— Здіймись у повітря, перекрутися зо три рази і скинь його додолу.

Почув це Чорний Полонин і свого коня — нагайкою! нагайкою!

Ох як заіржав його кінь — скочив аж під небеса, тричі перекрутився — і з Чорного Полонина, що впав на землю з такої високості, зробилася купа смоли.

Посідали вони на коні та й їдуть. Застає їх вечір у лісі. Олекса з королівною сплять під дубом, а легінь їх стереже.

Коли це серед ночі прилітають три орли, сідають на дуба та й говорять:

— Що чули-бачили, браття, у світі?

— Чув я, — каже найстарший орел, — що Олекса знищив Чорного Полонина, визволив королівну, і вони утрьох, разом зі слугою, їдуть до неї додому. Але жити з нею він не буде, бо мачуха дасть їм такі сорочки, що Олекса з королівною у них спопеліють. А хто це чує і їм розкаже, той стане каменем по коліна.

На ранок поїхали вони далі — Олекса, королівна і засмучений слуга.

Їдуть, їдуть, коли це знов застає їх ніч у дорозі. Парубок з королівною лягли спати, а слузі не спиться.

Десь опівночі знову надлітають три орли і говорять між собою.

— Чув я, — каже середульший орел, — що Олексі з королівною таки не жити на білому світі: мачуха дасть їм випити затруєного вина. А хто це чує та їм розкаже, той стане каменем по пояс.

Ще більше засмутився слуга.

Третьої ночі знов прилітають орли. Каже наймолодший:

— Уже доїжджає Олекса до королівського палацу й не знає, що їх з королівною чекає там вірна смерть. Як полягають вони спати, мачуха перекинеться на гадюку, вкусить молодят, і вони повмирають. А хто це чує і їм розкаже, той стане каменем. А відчарувати його зможе тільки кров їхнього сина.

Приїжджає королівна додому, назустріч вибігає батько — старий король, а замість матері уже мачуха править у палаці. Король тішиться донькою, а мачуха подає легіневі й королівні нові сорочки:

— Ось вам, діти, новенькі королівські строї.

По цих словах Олексів слуга вихопив шаблю і посік-порубав ті сорочки на шмаття. І стала з них чорна смола.

На обід приносить мачуха дві чарки вина й подає молодятам. Але вірний слуга вибиває ті чарки з її рук — вино розлилося по підлозі і підлога зайнялася вогнем. Кинулися слуги — ледве загасили.

От полягали вони спати. Олекса з королівною в покоях, а слуга в передпокої. Опівночі дивиться він — лізе гадина. Вихопив слуга шаблю і відрубав їй голову.

Прибігає Олекса. Запалили свічки, дивляться — а на підлозі замість гадини — довга цівка чорної смоли.

Олекса з королівною вже й не знають, як тому легіневі й дякувати.

— Ти вже багато разів рятував мене від смерті, — каже Олекса. — Розкажи, як ти все знав?

Не хоче легінь нічого оповідати, бо пам'ятає, що казали орли. А вони все: як та як?

Не витримав легінь та й каже:

— Добре, слухайте. Першої ночі, як ви заснули під дубом, прилетіли три орли й сказали, що мачуха дасть вам затруєні сорочки.

І в ту хвилю став легінь по коліна каменем.

— Не оповідай далі, бо скам'янієш увесь! — крикнув Олекса.

— Тепер уже пізно, — мовив легінь. — Слухайте, що було далі. Другої ночі орли казали, що мачуха дасть вам затруєного вина.

По цих словах легінь став каменем по пояс.

Просить Олекса з гіркими сльозами:

— Прости мені, брате! Не кажи більш нічого!

— ...Третьої ночі орли говорили, що мачуха обернеться гадюкою і вкусить вас обох. Я не спав і таки допильнував її...

На цих словах легінь скам'янів.

Королеву-мачуху король наказав прив'язати до кінського хвоста і пустити коня в чисте поле.

А назавтра королівна народжує незвичайного сина. Вже першого дня він сидів, другого — говорив, а третього — бігав.

От якось грався він у кущах шипшини коло тієї кам'яної фігури і вколов собі пальчик. Бризнула кров, дитятко зі страху підбігло до фігури й помазало закривавленим пальчиком уста, очі й чоло скам'янілого слуги. І в ту хвилю з каменя знов постав живий легінь. Він узяв дитятко на руки й поспішив до палацу.

Як побачив Олекса, що його товариш живий, то аж закричав з радості:

— Слава Богу! Слава Богу!

Легінь розповів про своє чудесне зцілення, а Олекса послав бричку по своїх родичів, і зачали вони веселитися! Та врядили таку лепську забаву, що навіть столи з кріслами — і ті танцювали.

І я там був, мед-вино пив: по бороді текло, а в рот не попадало. Бо в роті була люлька — маленька, як дулька; з люльки дим курився, от я і не впився!

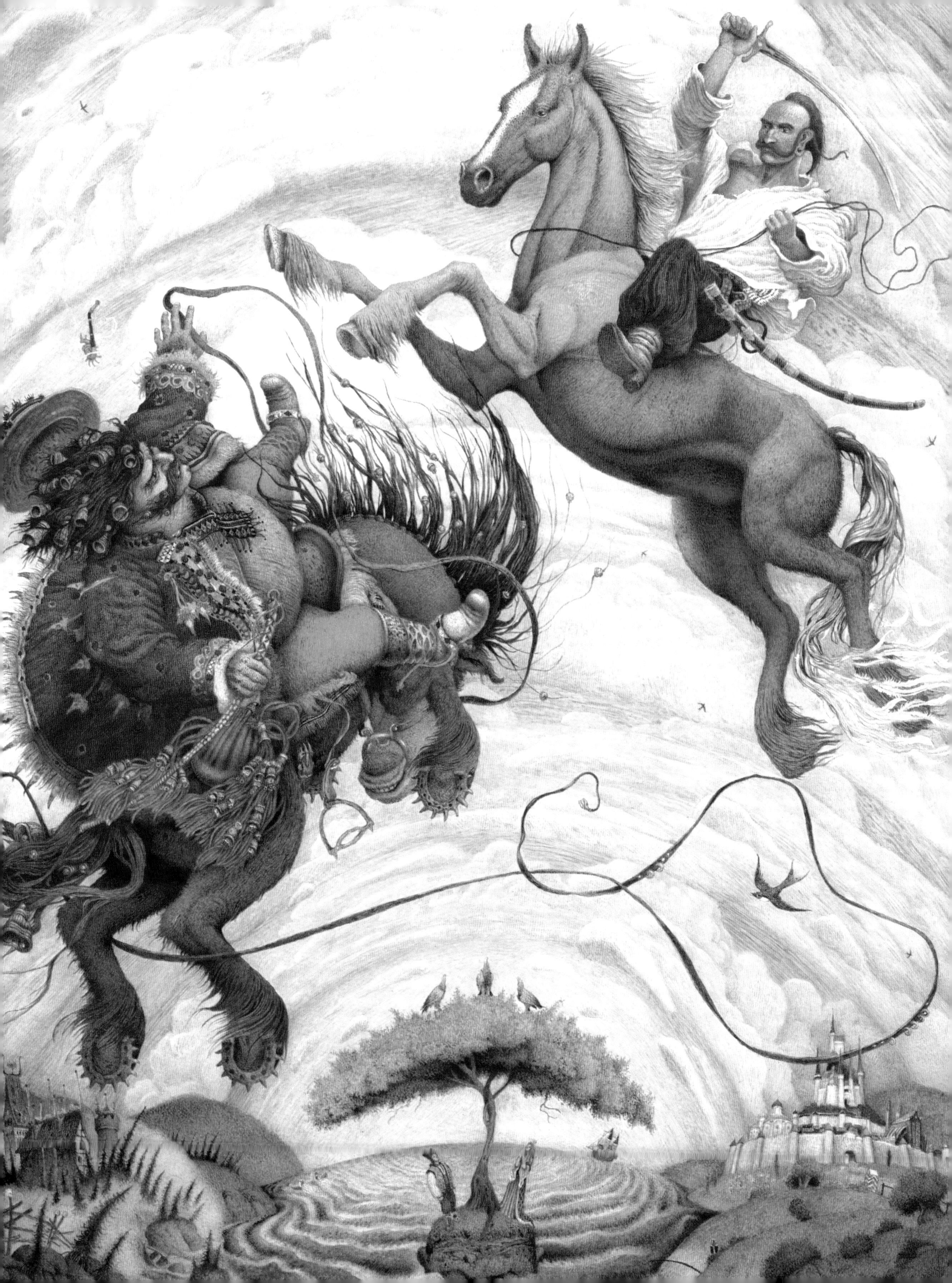

ЦИГАН І ЛЕВ

Був собі циган, та нічого було в нього їсти. От циганка пішла, нациганила дечого та й наварила вареників.

Вийшов циган надвір з тими варениками, ліг їсти їх на сонці, та й покáпався сметаною. Прилетіло до нього сімдесят мух ще й комар. Як замахнеться на них циган, так усіх і повбивав.

Пішов у хату та й каже до дітей і жінки:

— Тепер я крепкий богатир: сімдесят війська вбив, ще й царя Давида! Зоставайтеся здорові і визирайте мене щодень. Бо я як вернуся, то з доброю здобиччю! — зібрався та й пішов.

От іде він лісом, а назустріч йому лев.

— Що ти, синку, за один? — питає циган.

— Я — лев, — каже лев.

— А я — пралев! Давай мірятись, хто дужчий, — каже циган, — ти чи я?

— Можна попробуватись, тільки немає чим, — каже лев.

Ідуть дорогою і надибали залізну палицю. От лев і каже:

— Нумо, хто далі кине цюю палицю, той дужчий.

Узяв палицю — як кинув, то вона ген-ген і полетіла. Ледве знайшли.

— Ану тепер ти! — каже лев.

— А не жалько ж тобі буде, — каже циган, — як я закину її аж до брата, бо мій брат у Бога за коваля; поробить він з неї цвяхи та й буде Богові коні кувати.

— А й справді шкода, нехай буде лучче в нас, — каже лев.

«Ну, — думає, — це, мабуть, якийсь добрий силач!»

Ото просить він цигана до себе в гості. Приходять, лев і каже:

— Ну, брате пралеве, будемо тепер хазяйнувати. Там є в сінях відра залізні, а на долині — вода, то йди принеси. А я тим часом вогонь у печі розпалю та притягну якогось волика на обід.

Вийшов циган у сіни. Як спробував одне відро — ледве перекотив його через поріг. Потім друге викотив надвір і так пустив їх з гори. Покотилися вони аж до криниці. Узяв циган городника́*̇ в руки та й почав обкопувати криницю.   *рискаль

Чекає лев на воду, чекає. Не дочекався та й сам приходить:

— А що це ти, брате пралеве, робиш?

— А що ж? Не буду ж я відрами носити, як дитина. Я, — каже, — обкопаю і принесу тобі всю криницю!

Набрав лев води у відра та й поніс. А сам думає: «Оце товариша знайшов на свою голову!»

Прийшли додому, нашкварили м'яса з того вола, що лев забив, і почали їсти. От лев такими кусами пожирає!

А циган відрізав шматок м'яса та мав трохи хліба і наївся.

Лев і питає:

— А що це ти, брате пралеве, так мізерно їси? У нас так: которий хутчіше й більше з'їсть — той дужчий.

— Якби я їв так, як ти, — каже циган, — то таку силу мав би, що мене й земля не зносила б.

По обіді пішли вони собі в ліс і надибали черешню. Лев підскочив, ухопився за верх і пригнув гілляку. Їдять вони собі, от лев і каже:

— На тобі цю гілляку — тримай і їж, а я піду другу нагну.

Лев пустив, а черешня перекинула цигана через себе — він перелетів через верх і впав на ломаччя, де сидів заєць, і вбив собою того зайця.

— А бач, — каже циган, — який я вдатний: через черешню перескочив і зайця забив.

Левові аж лячно стало. А циган знов за своє:

— А чи знаєш ти, брате леве, що я ще й письменний і вмію читати?! — Узяв ломачку, нашкрябав щось на піску та й ніби «читає»:

Одино́, попино́, рікікі́, ремено́,
а́йлом, ба́йлом, скрі́пкі, бі́бкі,
куцюрю́бен, кльоц!

Просить лев:

— Навчи й мене так лепсько читати!

— О, брате, то дуже трудна́ наука! То треба голову засунути в книжку і так читати.

— Я засуну, тільки покажи як! — каже лев.

Прийшли додому, циган узяв мішок та й каже:

— От тобі книжка, засувай у неї голову, буду тобі букви в голову набивати.

Зав'язав левові голову мішком, а сам узяв у руки дерев'яного ополоника та як брязне лева по голові!

*кажи

— «Глаголь*» «А»? — каже.

— А-а! — каже лев.

А циган його ще раз і ще раз!..

— Ой! — проситься лев. — Пусти мене, брате пралеве! Правду ти казав: то трудна́ наука! Треба богатиря, щоб таке подужав.

— Е, хіба це наука! — каже циган. — Я тобі тільки дві чи три букви у голову втовк, а мені цілий рік різної науки в голову набивали, і я подужав. Я ж крепкий богатир: сімдесят війська колись убив, та ще й царя Давида!

От лев уже добряче зажуривсь, думає: «Як би цього пралева збутися?»

— Що тобі дати, брате пралеве, аби ти мене покинув? — питає лев.

— Грошей бочка — і всьому точка! — каже циган.

А лев колись добачив, як один багач зако́пував у лісі гроші. Пішов туди, викопав бочку з грішми й дає циганові.

А циган:

— Ні, мусиш занести і мене, і гроші мої на подвір'я до мене!

Узяв лев бочку з грішми, узяв і цигана та й несе.

— Пам'ятай, — каже циган, — як тільки ступиш на подвір'я, одразу тікай, бо вибіжать пралевенята і розірвуть тебе на дрібні кава́лки!

Приближається лев до циганського шатра, коли дивиться — а з хати вибігають голі замурзані циганчата і біжать напроти цигана!

Як кине лев циганом і бочкою з грішми, як дасть ногам знати — то й шлях за ним закурився. А циган з циганкою й циганятами ще й досі, мабуть, живуть на ті гроші.

БІДНИЙ БАГАЧ

Жив бідний чоловік. Якось не міг він заснути, лежав і думав: «Чому бідним так тяжко на світі жити? Чому в багачів є все, а вони не діляться з бідними, ще й недоплачують їм? Якби я був багач, то й сам жив би і бідним давав би».

Коли чує, а хтось ніби каже йому на вухо:

«Візьми гаманець і будь багачем. У гаманці лиш один золотий: візьмеш його, і там зразу з'явиться другий. Набереш, скільки схочеш, і кинеш гаманець у річку. Доки не кинеш, не зможеш нікому дати ані копійки, бо всі гроші пропадуть».

Чоловік засвітив свічку і з радості мало глузду не стратив: на столі лежав гаманець!

Вийняв він з нього один золотий, а там одразу з'явився другий. Тягне він гроші і думає: «До рання натягну стільки, що стане й мені, і всім, і кину гаманець у річку».

Але вранці подумав: «Так, це велика купа грошей, але треба натягти за день ще більше — буде мені, буде й людям».

А ввечері теж йому жаль стало кидати гаманець у ріку. «Кину вже вранці», — подумав чоловік. Він знову не спав цілу ніч і тяг та й тяг гроші з гаманця.

На ранок страшенно захотів їсти. У хаті нічого не було, а купити не міг, бо всі гроші пропадуть. Але кинути гаманець у річку і того ранку не наважився.

Так минув тиждень. З голоду чоловік заслаб, але з гаманцем не розлучався. «Хто б то грошам не радий?» — думав собі.

Як відчув, що гине, поніс гаманець до річки. Та не кинув його. Було йому шкода. І знову вернувся до хати і почав тягти золоті монети.

Так і вмер він з тим гаманцем у руках серед великих купок золота. Не зробив добра ні собі, ні іншим. Бо так уже є на світі, що золото засліплює людей, робить їх зажерливими, а незрідка й нещасними.

Як віл бігав наввипередки з конем

Ще за дуже давніх часів стрінулися якось кінь з волом і завели жваву бесіду про те, хто з них прудкіший.

— Ти лишень подумай, — мовив сердито віл до коня, — я побіг би набагато швидше, ніж ти, але боюся, щоб земля не провалилася підо мною. Ти ж знаєш, який я великий, яка в мені сила!..

— Це тобі лиш так здається, — засміявся кінь.— А якби дійшло до діла, то ти нічого не докажеш.

— А ми можемо спробувати! — рішуче махнув рогами віл.

— Добре, аби охота, — мовив кінь.

От поставали, віл крикнув «раз, два, три!» — і вони побігли.

«Та хіба я гірший від коня?» — думав віл, сердито махаючи рогами. Не до шмиги було йому, що кінь побіг набагато швидше.

«Як бігти, то бігти», — казав сам до себе віл і біг, неборак, з такою силою, аж земля стогнала під ногами.

І все було б добре, якби вола по дорозі не спіткало нещастя...

Розлючений і впертий віл надбіг на глибочезний рів і, мов та галушка, полетів на дно.

«Отак я й знав, що земля провалиться підо мною», — подумав бідолаха.

Так пролежав і простогнав він на дні ями, може, з півдня. Аж бачить: над ровом стоїть якийсь чоловік:

— Що ти тут робиш у цій ямі? — питає.

— Та що роблю — стогну та плачу і світа не бачу. Послухав коняку, провалив землю та й, видно, так і пропасти мушу ні за цапову душу...

— Не журися, я тобі поможу, — сказав добрий чоловік.

Побіг скоренько додому, запряг свої два воли та й подався до тої ями, де був віл. Спустився бічним ходом на дно ями, вдяг на вола хомут, прив'язав до воза — і за пару хвиль віл уже був на волі.

— Ніколи більше не буду швидко бігати. Нехай біжить кінь, як він такий розумний, а я буду ходити помаленьку, — сказав віл і рушив за чоловіком, щоб вірною працею віддячити йому за рятунок.

І відтоді воли ніколи швидко не бігають і нікуди не кваплятья...

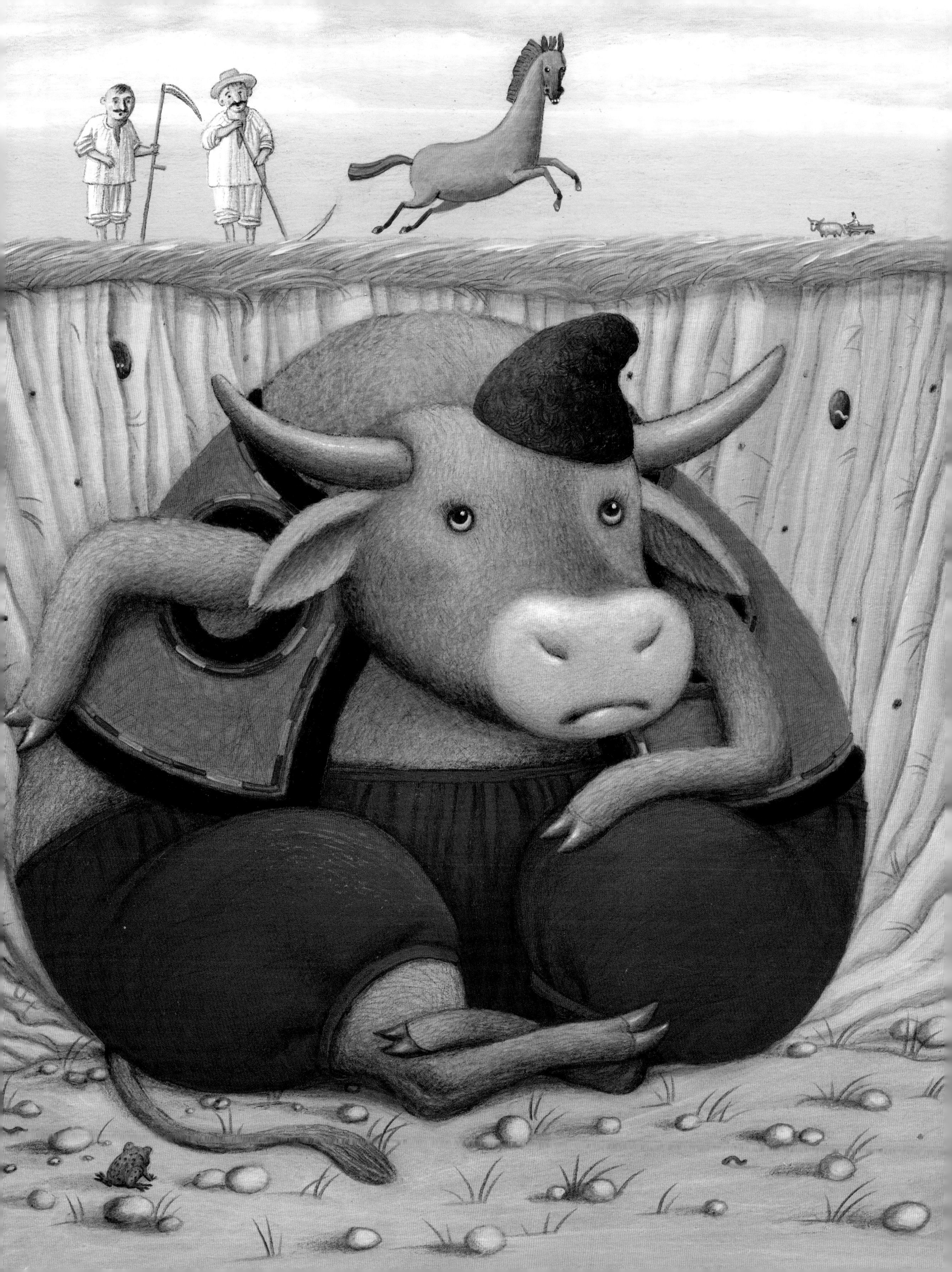

ВИДИМО-НЕВИДИМО

Був собі пан та слуга. То як були вони ще малі, то вкупі гралися і все в них було порівну. А як став панич паном, то так зненавидів того слугу, що давай загадувать та вигадувать, щоб звести його зі світу. Коли ж слуга усе те поробить і знову вернеться живий.

От якось пан і загадує:

— Принеси мені, — каже, — Видимо-Невидимо.

Іде слуга, плаче, і, так плачучи, зайшов аж у ліс, та такий страшний, що Господи!

Дивиться — стоїть хатка, він і увійшов та й заховався під припічок.

Аж приходить дід старезний та й гукає:

— Видимо-Невидимо, подай стіл!

Тут зараз де не взявся стіл, а на ньому всілякі напитки й наїдки.

От той дід напився, наївся та:

— Видимо-Невидимо, прибери!

І зараз те все бозна-де й поділося. А той слуга з-під припічка усе те бачить.

От як дід пішов, він виліз та й собі:

— Ану, — каже, — Видимо-Невидимо, подай мені стіл!

Зараз де не взявся стіл. Він наївся, напився, тоді й питає:

— А що, Видимо-Невидимо, може, тобі у цього хазяїна вже набридло?

— Та набридло, — каже.

— То ходім зі мною.

— Ходім.

Ото й пішли. Слуга що версту одійде — гукає:

— Видимо й Невидимо, чи ти тут?

— Тут, тут, хазяїне, не бійся.

Коли це йдуть, бачить він, що покої будуються. Нікого не видно, тільки сама сокира: сама й теше, сама й рубає, а що треба підняти, сокира устромиться — сама й нагору витягне. От Видимо-Невидимо й каже:

— Проміняй мене на сокиру-саморубку, а я в тебе знов буду, як тільки гукнеш.

Тільки це сказали, а тут і дідок іде. От той слуга:

— Проміняй мені, діду, цю сокиру-саморубку на Видимо-Невидимо.

— А яке ж воно?

Слуга тоді зараз:

— Видимо-Невидимо, подай стіл!

Тут дещо і вродилось. Дідок напився, наївся.

— Це, — каже, — добра штука! Чому ж не проміняти? — та й віддав йому ту сокиру.

От вийшов слуга за горбок та:

— Видимо-Невидимо!

— Тут, тут, хазяїне, коло тебе.

От випало йому знов іти лісом. Іде він і бачить, що скаче кругом лісу ломачка, а в лісі дідок ходить.

— А що це, — питає, — діду, у тебе таке?

— Та це ломачка-самобійка. Ось дивись: ану, — каже, — ломачко-самобійко, поскачи трохи!

Та ломачка як почала скакати! Що не скочить, то дуба звалить.

Слуга тоді до свого:

— Видимо-Невидимо, а подай нам стіл!

Зараз де що і вродилось. Дід наївся, напився, та вже ніяк і не одчепиться:

— Проміняй та проміняй мені своє Видимо-Невидимо на ломачку-самобійку!

А Видимо-Невидимо тихенько й каже:

— Ти проміняй, бо я знов у тебе, як гукнеш, буду.

Він узяв, проміняв на ту ломачку-самобійку, вийшов з лісу та:

— Видимо-Невидимо!

— Тут, тут, хазяїне, коло тебе.

От приходять вони до міста. Зайшов він у корчму, зараз як закомандує:

— Видимо-Невидимо, подай нам стіл!

Відразу де що і взялося. Він напився, наївся та ще коло себе чоловік з десять нагодував. А тоді:

— Видимо-Невидимо, прибери!

І зараз те все бозна-де й поділось.

А в тій корчмі гуляв козак. Побачив та й каже:

— Це ще не штука, а от штука — ану, пруги, нуте!

Де не взялися пруги — як заходились, то коло нього аж свистить.

— Ось проміняй мені їх, — каже козак, — на твоє Видимо-Невидимо.

А Видимо-Невидимо йому на вухо:

— Та вже проміняй і йому, бо я знов у тебе буду, коли гукнеш.

Він проміняв його на ті пруги, та тільки вийшов за місто, та:

— Видимо-Невидимо!

— Я тут, тут, хазяїне, не бійся, — озивається.

От прийшов він до свого пана, а в пана саме гості були. Та понаїздило їх такого! Пан як побачив, що він вернувся, та як закричить:

— А подайте мені канчук!

— Ні, — каже слуга, — уже ж так не буде! Ану, ломачко-самобійко, почастуй цих усіх гостей, але добре почастуй!

Як почала та ломачка гостей частувати! Що побила, а що повтікали!..

Він тоді до пругів:

— Ану, пруги, нуте!

Як візьмуться ж тії пруги коло пана — пропаща година!

От як одчистив він добре пана, пішов собі та давай будуватись. Ломачка-самобійка дуби валить, сокира-саморубка сама рубає, сама й теше, сама й тягне, а він тільки походжає і наказує. Добре йому!

Як збудувався — розхазяйнувався, оженився. Живе собі, розкошує, Видимо-Невидимо годує його. Уже він і сальцем обріс, злегенька походжає.

Коли це дружина щось не під норов йому сказала, а він:

— Ану, пруги, нуте!

Нема пругів.

— Ломачко-самобійко!

Нема й ломачки. Нічого нема з того, що проміняв. Нема й Видимо-Невидимо. Бо запанів і зледащів він дуже. Відтоді довелося йому вже самому все робити. Он як! Бо як обростає чоловіка сало, тоді толку з нього мало.

Якось Правда зустрілася з Неправдою:

— Здорова була, сестрице!

— Доброго здоров'ячка! — відказує Неправда. — Куди мандруєш?

— Та йду світом добра шукати, — каже Правда.

— О, нам по одній дорозі йти, то ходім, коли хочеш, разом.

— Ходім.

— То давай, сестрице, — каже Неправда, — спершу твоє будемо їсти, а тоді моє.

— Добре, сестрице, — каже Правда.

От ідуть вони та й ідуть. У Правди уже й торба спорожніла.

Захотілося Правді їсти, от вона й каже:

— Ну, сестрице, моє поїли, нум же тепер твоє їсти.

— Е, ні! — каже Неправда. — Цього не буде: я не люблю по правді робити, то тільки ти, дурна, по правді робиш. Не дам я тобі їсти, хоч з голоду вмри.

Гірко стало Правді. Терпіла вона день, терпіла й другий, а на третій таки не втерпіла: попросила знов у Неправди їсти.

— Коли хочеш, щоб я дала тобі їсти, — каже Неправда, — то дай я тобі одне око виколю.

Заплакала Правда, але дала око: «Краще, — думає, — дам око виколоти, ніж умерти з голоду».

Пройшли вони скільки там часу, день чи й два. Правді знову так їсти захотілося!

— Дай, сестро, хоч трішки чогось попоїсти! — просить вона Неправду.

— Добре, але дай я тобі й друге око виколю.

Знову заплакала Правда, але таки дала й друге око виколоти.

Як виколола Неправда друге око, то й пішла собі від Правди.

— Прощай, сестро, — каже вона Правді, — тепер мені не йти з тобою!

Зосталася Правда сама та тільки плаче гірко. Іде-йде, коли чує: ліс шумить. «Що ж мені тепер робити? — думає вона, бідненька. — Залізу собі на якесь дерево та переночую, щоб звірюка яка не напала на мене».

От вилізла вона на дерево та й сидить там. Коли чує — ідуть дівчата, парубки. Співають, жартують. Прийшли до того дерева, де сиділа Правда, та й кажуть:

— А де сю ніч будемо гуляти?

— А хоч і під оцим деревом, — одказують.

— Добре, — каже котрийсь, — бо на цьому дереві така роса, що як помазати сліпому очі, то одразу й прозріє.

От погуляли вони, поспівали та й пішли собі, зоставивши все — і пиття, і наїдки.

Правда злізла з дерева, підкріпилася трошки, а далі вилізла знову на дерево та й дожидає ранку. А вранці помазала собі очі тією росою і знову стала бачити.

Тоді помолилася Богу та й пішла собі далі.

Надвечір прийшла вона знову у той ліс. Так, як і вчора, вилізла на дерево. Коли чує — знову йдуть та співають хлопці з дівчатами.

— А де будемо гулять? — гукають хлопці.

— А хоч би й під оцим деревом, — відказують другі.

— Та це ще й дерево не просте, — обізвався хтось, — на ньому роса така, що якби помазати якому сліпому очі, то він би й світ божий побачив. От якби хто знайшовсь такий, щоб, набравши цієї роси, пішов у таке-то князівство: у тому князівстві князь, а в нього дочка, але сліпа. Казав той князь, що якби хто вилікував йому дочку, то нічого не пожалів би зі свого добра.

А Правда все те чує і так собі думає:

«Дав мені так Бог, що я стала видюща, поможу ж я і тій сліпій князівні».

Парубки з дівчатами погуляли та й порозходились.

От Правда знову, як і вчора, злізла з дерева та підкріпилась трохи тим, що зосталось. А вранці спорожнила одну пляшку, набрала в неї цілющої роси та й подалась у те князівство, де була сліпа князівна.

Довго вона йшла. Приходить, тут зараз дали знати князеві, що прийшла така дівчина, що береться вигоїти його дочку.

Князь зараз же звелів позвати її.

Заходить вона у світлицю до князя, коли дивиться — а Неправда теж тута.

— Це й ти тут, сестро? — питає Правда.

— Еге ж! Як хочеш знати, то я вже й світ увесь пройшла, — відказує Неправда. — А ти чого тут?

— Та того й того, — одказує Правда.

Та й розказала, чого вона прийшла і що з нею було. Тоді взяла, помазала князівні очі цілющою росою, і стала князівна бачити все так, ніби ніколи й не була сліпа.

Зраділа вона, зрадів і князь, і вся його родина — не знають, як і дякувати Правді!

От князь, бачачи, що Правда з Неправдою розмовляли як давні знайомі, й питає:

— То ти з нею вже бачилась? А що, і як, і коли?

Правда й розказала цареві усе по-правді: як вони йшли удвох, як Неправда очі їй повиколювала і як вона вилікувалась — усе, як було.

Тоді звелів князь узяти Неправду, прив'язати її коневі до хвоста й пустити коня в чисте поле.

— Отак воно зроду-віку й буває, — мовила тоді Правда. — Неправдою світ пройдеш, а назад — не вернешся!

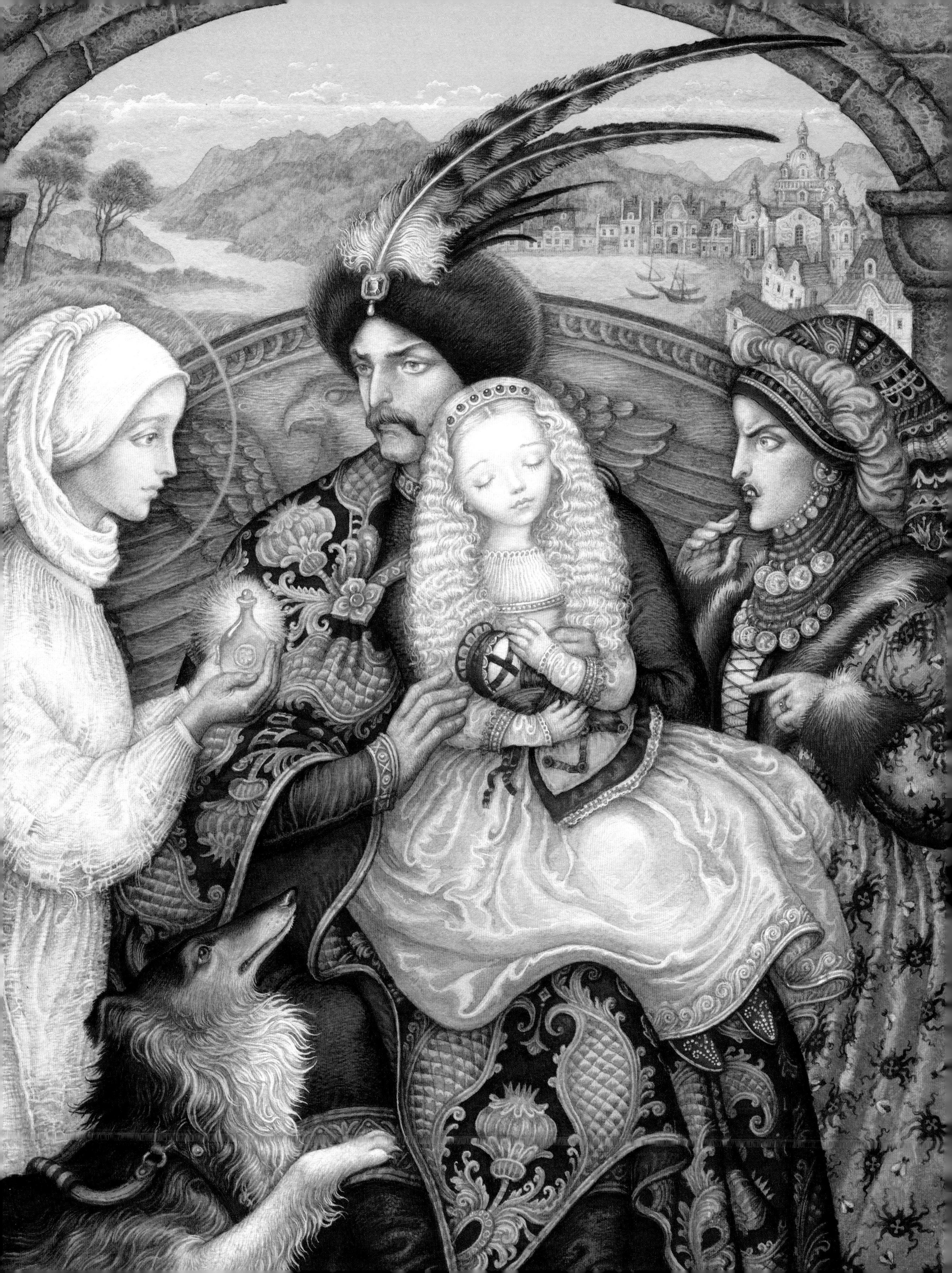

СОЛОВЕЙКОВІ ПОРАДИ

Один чоловік піймав соловейка і хотів його з'їсти. Але каже пташок до нього:

— Ні, чоловіче, ти мною не наїсися. Краще пусти мене, і я навчу тебе три речі, які тобі у великій пригоді стануть.

Чоловік втішився і пообіцяв відпустити його, коли соловейко добре скаже.

І мовить соловейко:

— Ніколи не їж того, що не годиться. Ніколи не шкодуй за тим, чого вже не можна вернути. Ніколи річам неможливим не вір.

Почувши це, чоловік пустив соловейка.

А соловейко хотів довідатись, чи справді навчився той чоловік його поради. Фуркнув угору та й каже:

— О-о-о! Зле зробив ти, чоловіче, що мене пустив! Якби ти знав, який я поживний! А який я скарб у собі маю! Є в мені величезна коштовна перлина — якби ти її вийняв, то відразу багачем став би!

Почувши таке, чоловік дуже засмутився, підскочив угору й почав просити соловейка, щоб той до нього вернувся. А соловейко й каже:

— Тепер збагнув я, що ти таки нерозумний чоловік, і все, чого тебе вчив я, пішло марно. Ти хотів з'їсти те, що їдять лише дурні коти, а не люди. І шкодуєш за тим, чого вже не можеш вернути. І зовсім неможливій речі ти повірив — дивись, який я маленький! Де ж у мені може вміститися велика перлина?! — Фурр! — та й полетів собі. І казочці кінець.

ЯК ВОВК ГУСЯМ ГРАВ

Раз іде собі лісом неси́тий*, спустив голову до землі і нюхає, чи нема якоїсь *вовк
поживи, бо такий голодний, що ледве ногами волочить. І, на своє щастя, угледів
він на полі табун білих гусей.

А гуси як побачили, що до них суне голодний вовчисько, збилися докупи
й почали між собою жвавіше балакати і підіймати голови в його бік.

Наперед гусячої громади виступив найстаріший сірий гусак:

— Що хочеш, пане вовче, і кого тут шукаєш?

— Я вас, гуси, поїм, — каже голодний вовк ледве чутним голосом.

— А яке ти маєш право нас їсти? — запитався старий гусак.

— Я дуже голоден, то, отже, маю право поїсти вас усіх.

— Добре, пане вовче, — озвався поважним голосом старий гусак, — ми тобі не
боронимо, бо знаємо, що більший меншого завжди має пожерти. Але ми також
знаємо, що навіть найбільшим грішникам перед смертю останню волю сповнюють.

— А яка ваша остання воля? Скажіть, то сповню, — мовив вовк.

— Ми добре знаємо, що мусимо всі погинути, але просимо тебе, пане вовче,
заграти нам якусь ноту, щоб ми ще перед смертю затанцювали.

— Добре, я вам заграю, але танцюйте скорше, бо я дуже голоден.

Задер вовк голову догори, зажмурив очі, бо свою музику знав напам'ять,
та й зачав завивати, а гуси загелготіли і одна за одною лиш раз! — знялися
вгору на крила та й полетіли.

Коли вовк скінчив свою музику, роззирнувся за гусьми, а гуси вже далеко.
Вовкові аж сльози бризнули з очей з такої прикрої несподіванки. Але голод —
не тітка. Пішов вовк до села. Вже й ні на що не зважає, а просто йде краєм
села, аби швидше відшукати якоїсь поживи.

І так надибав на полі одного коня та й каже до нього:

— Ну, коню, зараз я тебе з'їм, бо я дуже голодний.

— Я тобі, вовче, не бороню, щоб ти мене їв; маєш право, — сказав кінь.

Вовк аж приязню пройнявся до коня і дуже втішився, що знову добре собі
заживе, бо кінь не полетить, як гуси.

— Ну, коню, положися собі на землю, най тя* їм, — каже вовк.   *най тя —
                                                                              нехай тебе
— Зараз будеш їсти, — каже кінь, — тільки спершу добре собі роздумай,
чи можеш мене з'їсти разом з підковами, бо я забув: підкував мене коваль, чи ні?
Може, глянеш, вовче, на мої задні ноги, бо я сам не бачу.

Вовк нахилив голову до задніх ніг коня, щоб краще придивитися.

55

А коневі того було й треба — як зацідить вовка обома ногами по зубах, то вовк залетів аж у хащу!.. Як прочунявся, роззирнувся, то кінь був уже далеко.

Пішов вовк далі і стрічає на полі мале лошатко. Підійшов ближче та й каже:

— Я тебе, лошаку, з'їм.

— Можеш починати хоч зараз, — сказав лошак, — але мусиш заспівати мені перед тим «Вічную пам'ять», бо як не заспіваєш, поки я живий, то вдавишся мною.

— Ото і все? — втішився вовк. — То я вже співаю!..

Вовк зажмурив очі і завив «Вічную пам'ять» на всю околицю. А коли доспівав і подивився навколо, то за лошаком уже давно і слід прохолов.

Дуже розгнівався вовк на себе, що пошився в дурні перед дурним лошаком.

Іде такий голодний і такий сумний!.. Аж дивиться, а під берегом у болоті лежить череда диких свиней. Він приблизився до них і вже не знав, що казати, тільки ласо дивився на тлусті свині.

— Що хочеш від нас, пане вовче? — запитала стара свиня.

— Я дуже голодний, то хочу вас усіх поїсти, — чесно прорік вовк.

— Добре, — згодилася стара свиня, — ми дамося, щоб ти нас поїв, але спершу мусиш нас висповідати, бо ми, свині, дуже грішні і не хочемо вмирати без сповіді.

— Як я можу вас сповідати, коли мене на попа́ не висвячували?

— То не біда, що ти не піп. Я тебе навчу: ти стань отут над скалою, а ми всі одна за другою будемо в тебе сповідатися.

Згодився вовк, став над скалою та й чекає, як то свині будуть сповідатися.

А найбільша свиня розігналася і бухнула вовка головою в черево так, що вовк аж покотився по скалі на долину.

Поки очунявся, поки витягся на берег, то свиней уже й близько не було.

Іде вовк лісом і ледве ноги волочить. Аж там чоловік дрова рубає. Підходить ближче, а під кущем торба з хлібом і ковбасою, що чоловік сховав собі на полуденок. Утішився вовк! Стеребив хліб і на радощах почав гратися тою ковбасою. Грався, грався і так підкинув її вгору, що ковбаса повисла на гілці ліщини. І хоч як вовк спинався та підскакував, але не міг її дістати. Тоді з жалю як завиє!..

А чоловік як почув за плечима вовче виття, хапнув у руки ґудзува́те поліно та як уперіщить того бідного вовка!.. Ледве його не вбив.

Схопився сіромаха і з останніх сил чкурнув у хащу. Там зарився глибоко в листя, тоскно-тоскно завив і так до себе говорив:

— О, який я дурень! Чи мені було гусям грати, коли я не музикант?! Чи мусив я придивлятися на підкови, коли я ковальства не вчився і ковалем не родився?! Нащо було мені дурному лошакові співати «Вічную пам'ять», коли я не дяк?! Нащо було мені свині сповідати, коли мене на попа не висвячували?! Чи треба мені було тою ковбасою гратися, а не наїдатися?! Дурень дурнем!..

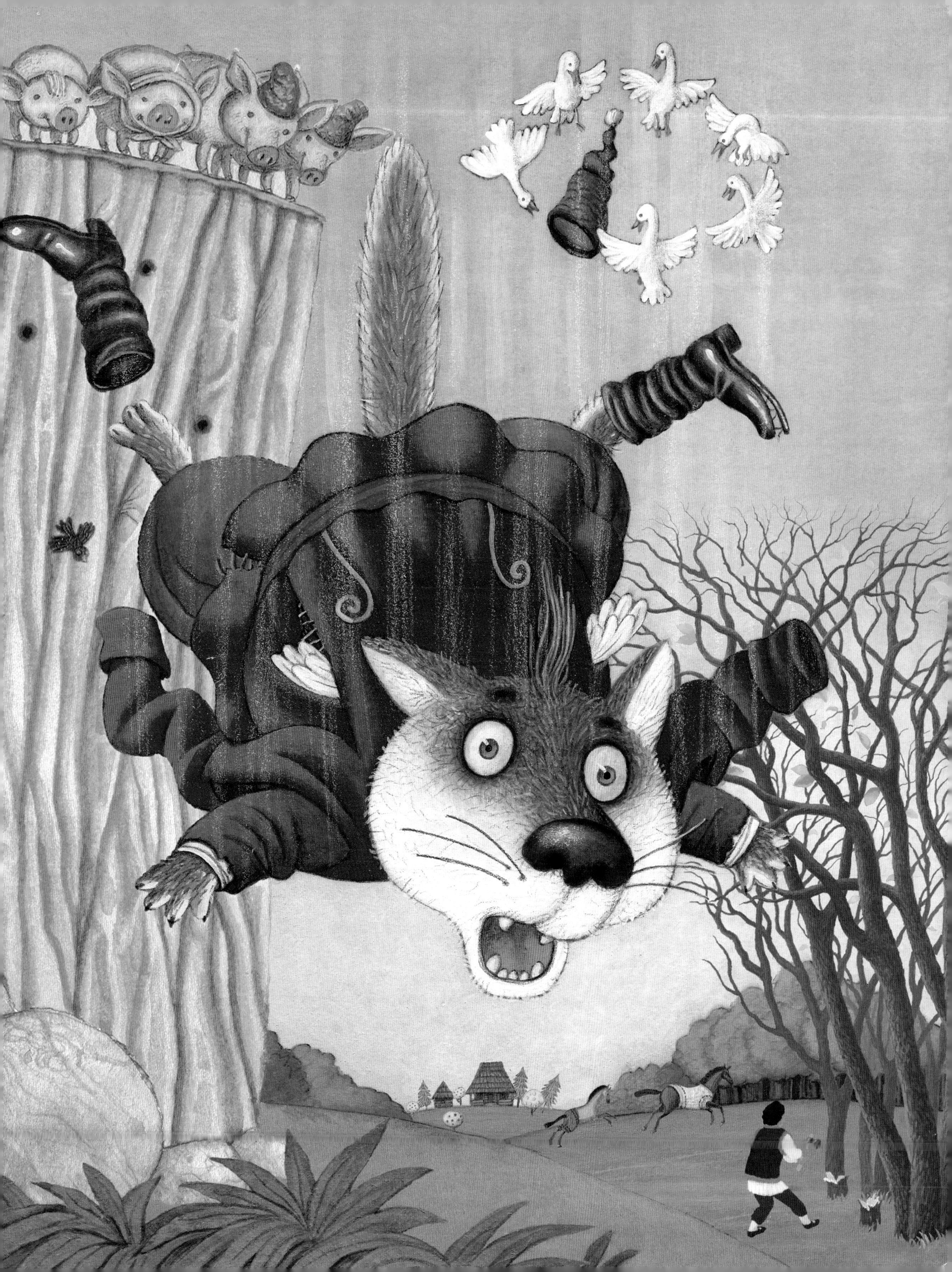

В одного бідного чоловіка був добрий син. І мали вони поле, що межувало з панським. Якось той хлопець цілий рік працював у людей, заробив грошей і купив добрі воли.

Заздрісно стало панові, що така біднота має таку худобу.

От одного дня вигнав батько воли на пашу та й заснув. Воли зайшли на панське й пасуться там. Пан приїхав, старого побив, а воли забрав і не віддає.

Каже батько:

— Бачиш, синку, якого я клопоту наробив. Пан воли не віддасть, і знов будемо бідувати.

— Не журіться, тату, — каже син. — Ще прийде такий час, що і я пана з маєтком розв'яжу. А тепер піду шукати якої служби. Зароблю грошей, куплю ще одні воли та й вернуся.

Пішов він. Іде, йде і заходить у великий дрімучий ліс. Перейшов той ліс і вийшов на широку галяву. Дивиться — аж там пасеться двісті срібних волів.

*люльку

Підходить ближче, а коло волів сидить старенький дід і курить фа́йку*.

— Сла́вайсу, дідусю, — привітався хлопець.

— Слава навіки! — відповідає старий. — Куди йдеш, синку?

— Іду, дідусю, служби шукати, бо мали ми пару волів, а вони зайшли на панське пасовище, то пан їх забрав та ще й тата побив. Може, приймете мене за пастуха?

Каже той дід:

— Не треба мені наймита, синку. Вибирай собі найкращу пару волів, запрягай у віз, бери плуг, борону і їдь аж туди, де сонце заходить. Там уздри́ш велике поле. Обореш його навкруг. І хоч би хто тебе просив щось зробити або дати — не слухай, а роби своє.

Вибрав хлопець двоє волів, запряг у віз, подякував дідові та й поїхав.

Доїжджає він до великого поля, зачинає орати, аж дивиться — лежить збоку чоловік біля хліба і просить дати йому хліба. Оре хлопець далі, а над водою лежить чоловік і просить води. Оборав його хлопець, коли ж дивиться — попереду вогонь, а коло того вогню лежить чоловік і крізь сльози просить підсунути його ближче, бо дуже змерз. Як оборав хлопець і його, побачив ще одного — той лежав біля купи грошей і просив грошей.

От оборав хлопець ціле поле й вернувся до старого пастуха. А той і каже:

— Їдь додому, небо́же, а як доробишся, то п
риженеш воли мені назад.

Приїхав хлопець додому, то вже й не натішаться з батьком тими срібними волами! А пан якось проїжджав, побачив срібні воли — та й сон утратив.

Думав, думав, як би ті воли вициганити в хлопця, та нічого путнього не надумав і вирішив порадитися з війтом.

Каже війт:

— Треба дати хлопцеві таку роботу, щоб він її не зробив, а воли схудли.

— Є така робота, — врадувався пан. — Я скажу йому, нехай за день виоре сто гектарів лану, вивезе насіння і засіє.

Покликали того хлопця та й кажуть:

— Якщо те й те зробиш, воли будуть твої, а як ні — воли заберемо, а тебе стратимо.

Приходить зажурений хлопець до волів, а воли й кажуть:

— Не журися. Ми знаємо, що пан тобі загадав. Запрягай нас та й поїдемо.

Під'їхав хлопець під панську комору, накидали йому на воза мішків мало не до неба, сів він зверху, а пан сміється:

— Та він і з місця не зрушить!

Та хлопець гейкнув на волів, і вони помаленьку поїхали, неначе й не по землі котився віз. А пан далі править своє:

— Та він усі мішки порозсипає!

Але хлопець виїхав на поле, упряг воли в плуг та й оре. Починає одну скибу, а за нею двадцять лягає. Поле одразу волочиться, пшениця сіється, і до обіду він з усім упорався. Приїхав до пана та й каже:

— Робота готова.

Пан не вірить, сердиться, та таки поїхав на поле: коли ж і справді — усе зроблено. Думає пан: «От і добре, тепер воли вже точно схуднуть з такої праці».

На другий день дивиться, а воли ще кращі стали. Пан з лютості аж зубами заскрипів. Побіг до війта, і радяться обидва, яку б то ще роботу хлопцеві загадати. Каже війт:

— Над Чорним морем є гора. Накажемо йому ту гору перевезти на другий бік моря. Він заїде в море, утопить срібних волів та й сам утоне.

Кличуть хлопця й наказують:

— Їдь, сякий-такий, над Чорне море і перевези гору з цього боку на другий. Як виконаєш — житимеш, а ні — будеш коротший на голову.

Приходить хлопець додому сумний-пресумний. Воли йому й кажуть:

— Не журися ти так. Зробили одне, то й це зробимо. Запрягай нас і гайда.

От приїхали вони під ту гору, а гора аж до хмар сягає. Кажуть воли:

— Бери лопату і кидай глину на віз.

«Довго мені кидати й возити», — сумно подумав хлопець.

Узяв раз лопатою — третини гори нема, другий раз — менше як половина лишилася. За третім разом уся гора була вже на возі.

І приїхав хлопець до моря. Воли спинилися, тричі подмухали на воду — море розійшлося й посередині зробилася суха дорога. Переїхав він на той бік, там скинув гору за трьома разами і гайда додому.

Як переїхав на той бік, воли знову дмухнули — і море стало як море.

Дорогою повернув хлопець до панського маєтку.

— Усе готове, пане.

Пан вискочив з дому, як ошпарений заєць, та й каже до кучера:

— Запрягай коні, поїдемо дивитись.

Приїхали до моря, де та гора стояла, а там тільки яма глибока. Зате на тому боці — гора небо підпирає.

Пан трохи не луснув зі злості. Приїжджає сердитий до війта й каже:

— Він перевіз гору, а волам нічого не шкодить — стали ще кращі, як були.

От міркують, щоб його ще такого придумати. Нарешті пан каже:

— У мене багато лісу. То нехай він за добу його ви́рубає і серед моря збудує дерев'яний палац.

Як почув хлопець панський наказ, знов зажурився. Пішов до волів на пораду.

— Не журися, друже, — кажуть воли, — зробимо й це.

От узяв хлопець сокиру й пилу та й рушили вони до панського лісу.

— Зарізуй у дерево пилу́, зару́буй сокиру, — кажуть воли, — а сам стань збоку й дивися, як дерево буде падати і тягатися туди-сюди.

Зарізав хлопець пилу у найтовще дерево, зарубав сокиру, а сам став збоку та й дивиться. Коли ж і справді — усе само робиться. Положив на віз дві колоди, а віз уже й повний. Сів зверху та й гайда.

Приїхали до моря, воли подмухали по три рази — і стала суша. Заїхав він так ніби посеред моря, поскидав дерево з воза, а воли й кажуть:

— Зару́буй сокиру в дерево й накажи, щоб через сім годин тут був палац, а сам іди на берег і лягай спати.

От зробив усе хлопець, як сказали воли, та й заснув.

Коли це за якийсь час будять його воли:

— Вставай палац оглядати і ключі візьми для пана.

Пішов він, оглянув, зачудувався, — забрав ключі й вертається додому.

Здивувався пан, бо ніяких замків хлопцеві не видавав, а він ключі привіз. Біжить пан до кучера та й каже:

— Запрягай коні, поїдемо на палац дивитися.

Приїжджають вони до моря — а пан аж забувся з дива. Навкруги вода, а там, де палац стоїть, там суша. Є і в'їзд, і виїзд.

Зайшов пан досередини, оглянув кімнати та й хвалиться:

— Отепер я заживу. З усього світу до мене пани з'їжджатимуться.

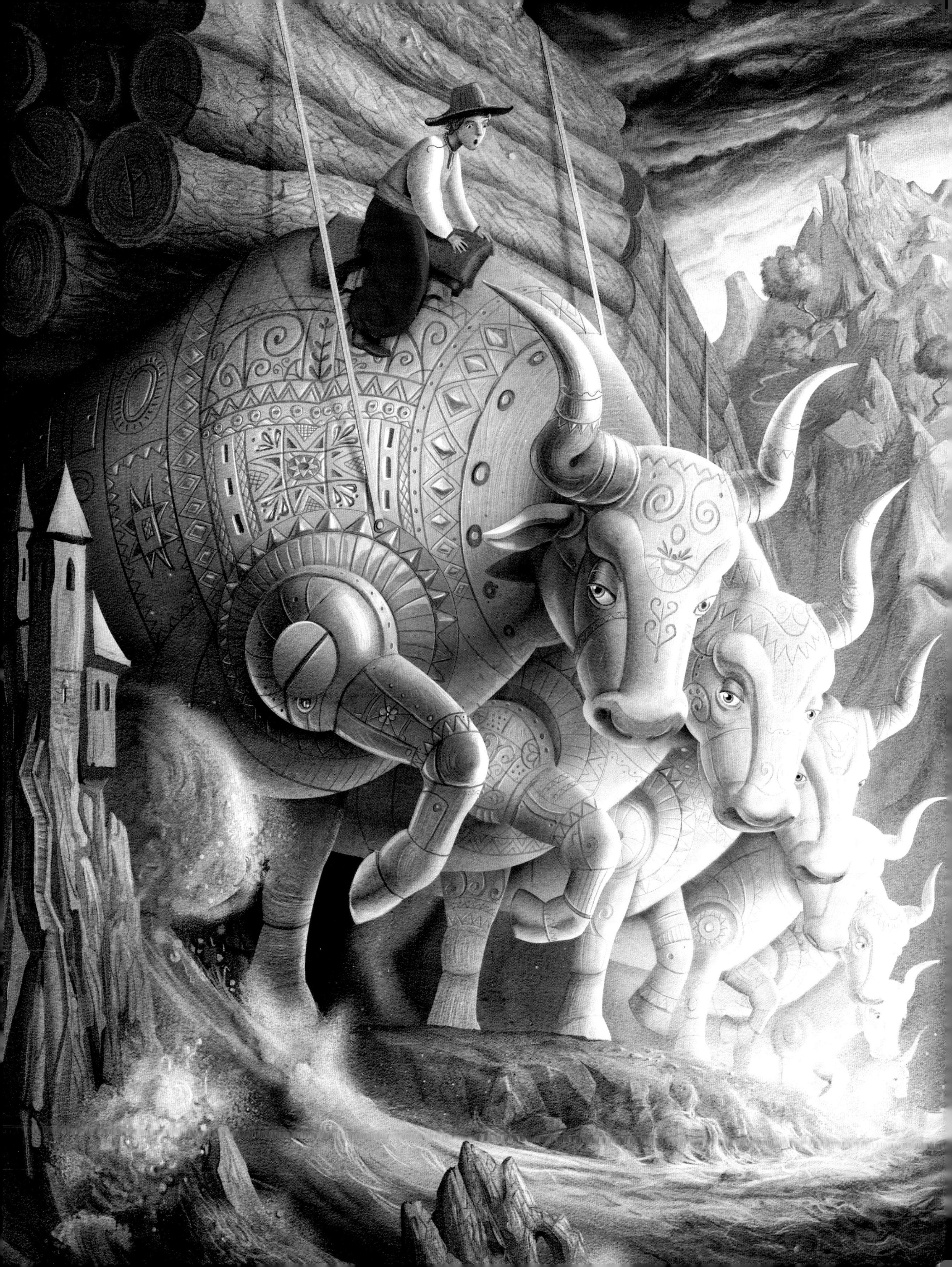

Але все ж не дають панові спокою ті срібні воли. І приїхав він до війта та й каже:

— Уже не знаю, що й робити. Він таки збудував палац серед моря!

Каже війт:

— Знаєте що я придумав? Скажемо йому відвезти нас до пекла, щоб подивитися, чи добре там наші родичі живуть. До пекла не близький світ — поки воли добіжать, то й поздихають.

Кличе пан хлопця:

— Ти вже все зробив, але маєш зробити ще останнє — мусиш відвезти нас до пекла. Як відвезеш — дістанеш дарунок, а як ні — то стратимо тебе.

Пішов хлопець до волів, порадився з ними, а зранку приходить до пана та й каже:

— Добре, я вас відвезу до пекла, але підпишіть угоду, що маєток буде мій.

Закликав пан війта, пішли вони в окрему кімнату, от пан і каже:

— Ми угоду складемо, а по дорозі його вб'ємо і волів срібних заберемо.

От склали вони угоду і рушили в дорогу. Як свиснув хлопець на волів — звіявся великий вітер, аж війт із паном ворухнутися не сміють.

За якийсь час вони вже були на тому місці, де колись зорав собі парубок поле. Ще не встигли оговтатись, а вісім чортів тут як тут.

— Добре, що ти їх привіз, — кажуть. — Нам таких дуже треба.

Взяли пана з війтом на вила і кинули просто в кипучу смолу.

Вертається хлопець до старенького пастуха, випрягає волів.

— Що, доробився вже, синку? — питає дід.

— Доробився, дідуню.

Погомоніли, а як настав час прощатися, парубок і питає:

— Скажіть, дідуню: я оборював поле і бачив там усяких людей. Один лежав коло хліба і просив хліба, другий коло води і просив води, третій коло вогню і було йому зимно, а четвертий мав купу грошей і просив грошей.

— То все пани, синку, — сказав дідусь. — Перший мав гори хліба, але коли бідні голодували, він нікому й крихти ніколи не дав. Другий жалів навіть води, коли на його полі працювали в спеку. Той, що коло вогню лежав і було йому зимно, мав колись свій ліс, але вбивав людей, якщо когось ловив із в'язкою хмизу в своєму лісі. А той, що лежав коло грошей і просив грошей, ніколи жебракам не давав милостині і не позичав, тільки грабував усіх. Тож уважай, небоже, бо колись і в тебе буде всього доволі. Отож прошу тебе: ніколи не шкодуй дати убогому, — тоді Бог не пошкодує дати й тобі.

По цих словах і старий, і срібні його воли ніби крізь землю провалилися. А хлопець стояв і з дива протирав очі, бо побачив, що стоїть уже не серед поля, а в тому пишному палаці серед тихого моря.

Та й казці кінець.

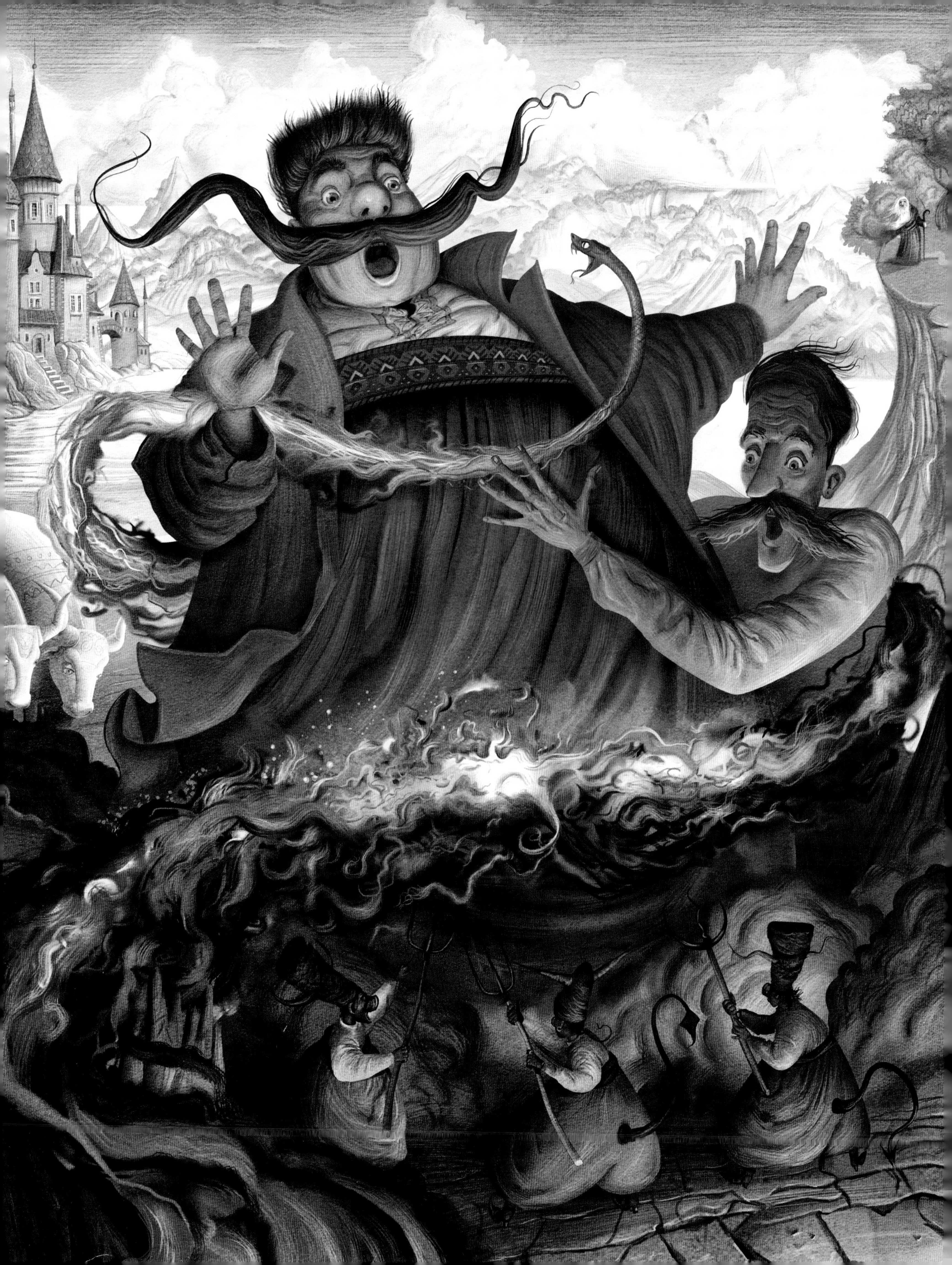

ЯК БІДНИЙ МАНЬКО СВЯТИВ ПАСКУ

Жив де не жив один бідний чоловік Манько. Мався так мізерно, що в хаті більше було днів без хліба, як з хлібом.

Наближався Великдень. Люди намололи муки, назбирали яєць, печуть, варять, смажать. А в Маньковій хижі — ніяких приготувань.

Журиться Манько, журиться і його жінка. Жаль їм малих дітей, що не будуть їсти на Великдень святої паски...

— Чоловіче! — просить жінка Манька. — Іди та хоч позич у багача муки на відробіток.

Рушив Манько до багача, але нічого не зорудував, бо той багач тримав муку доньці на весілля.

Пішов по сусідах, а позичити нема в кого, бо жив на бідній околиці.

Вернувся додому з порожніми руками.

— Та що тепер чинити? — каже жінка.— Яка ганьба, не буде чого й посвятити. Що люди скажуть?

— Не журися, жінко! Якось воно буде! Чи маєш ти бодай пару яєць, щоб було чим паску помазати?

— Та пару знайдеться...

По цих словах вийшов Манько з хати, узяв круглий ковбан* та й теше.

Тесав, тесав, витісував.

Вийшла жінка надвір та й питає:

— Що ти, чоловіче, робиш?

— Паску печу!

Жінка здивувалася, але відразу все зрозуміла. Чоловік не хотів, аби люди бачили їхню велику бідність.

От змайстрував Манько паску. Напалила жінка піч, він помастив паску жовтком з яйця, а жінка посадила паску до печі.

Коли вийняли її з печі, то й самі не могли надивуватися, яка вона гарна.

Прийшов Великдень. Загорнув Манько свою паску у вишиваний рушник та й поніс до церкви святити.

І сталося так, що свою паску він поклав коло паски того багача. Багач дивиться, дивиться і аж зачудувався:

«Як те сталося, що я не позичив йому й крихти муки, а в нього паска така, що аж очі вбирає?»

Коли скінчилася свята відправа і піп посвятив людям їхні паски, ґазда хитро вхопив Манькову паску, поклав у свій кошик, а свою кинув йому на рушник і бігом додому. Адже кожен хоче бути за великоднім столом якнайшвидше, такий уже давній звичай.

— Жінко, поглянь, яке чудо сталося! — аж сплеснув руками бідний чоловік, коли вдома за столом розкраяв паску. — Піп посвятив, і з дерев'яної паски зробилася паска справжня!

Жінка аж заклякла з такого дива — дивиться й не може надивитись. А діти аж у долоні плещуть — такі вже раді, що й вони будуть їсти святу паску на Великдень!

Тим часом приніс і той багач свою паску додому. Бере ніж, щоб краяти, а паска... з дерева.

— То, певно, святий Господь мене покарав і здерев'янив паску за те, що я не хотів позичити бідоласі муки, — виправдовувався багач перед своєю родиною.

Що було далі — не знаю, бо мою казку теж запросили на паску. Там казка трохи впилася і під піч закотилася.

*кругле товсте поліно

Був собі король і мав одного сина. Тому синові було не більше восьми літ.

А той король любив їздити на полювання. І поїхав одного разу і як зачав полювати — надибав залізного вовка — такого, що ніхто ніколи ще не бачив. І привіз його додому, входить до жінки та й розповідає:

— Знаєш, серце, я такого звіра вполював, що ніхто ніколи ще на своїм житті не бачив — залізного вовка! Він ще малий, то треба замкнути його в льох, а ключ сховай у свою скриньку, щоб ніхто його не випустив.

А сам вряджає великий бал і розписує скрізь по королях, щоб з'їжджалися до нього: хоче похвалитися тим вовчиком.

От з'їжджаються пани, королі — їдять, п'ють.

А синочок того короля мав лучок і пішов на двір бавитись. Та як стрілив — то стріла залетіла через ґрати аж у льох.

А дитя стало та й плаче і просить вовка:

— Вовчику, вовчику! Віддай мені мою стрілку!

— Я тобі віддам, — каже залізний вовк, — але випусти мене з неволі, а я тобі колись у пригоді стану.

— А як же я тебе випущу, коли ти замкнений?

— А так, — каже вовк. — Піди до мами в опочивальню. Там є скринька, а в ній — ключик. Візьмеш його, прийдеш сюди, випустиш мене і покладеш той ключик назад у скриньку. Тільки нікому нічого не кажи.

Пішов королевич. Знайшов ключик, приніс, одімкнув і випустив того вовка. А тоді знову замкнув та й поклав той ключик у скриньку.

От з'їхалися вельможні гості, наїлися, напилися добре.

Той король і каже:

— Тепер я, панове, покажу вам звіра такого, що ви ніколи й не бачили!

І бере в жінки ключ, просить усіх тих королів на двір та й веде до льоху. Приводить — аж вовка нема! Де? Що? Хто випустив? Великий переполох зчинився. Питає він жінки і всіх слуг, чи не видів хто, бо сором великий: сказав, що покаже, а тут — нема!

А один слуга й каже:

— Туди ніхто не ходив, тільки малий королевич.

Зараз зачали його питати. Він і признався. Король наказав його замкнути, аж доки гості пороз'їжджаються.

От роз'їхалися гості.

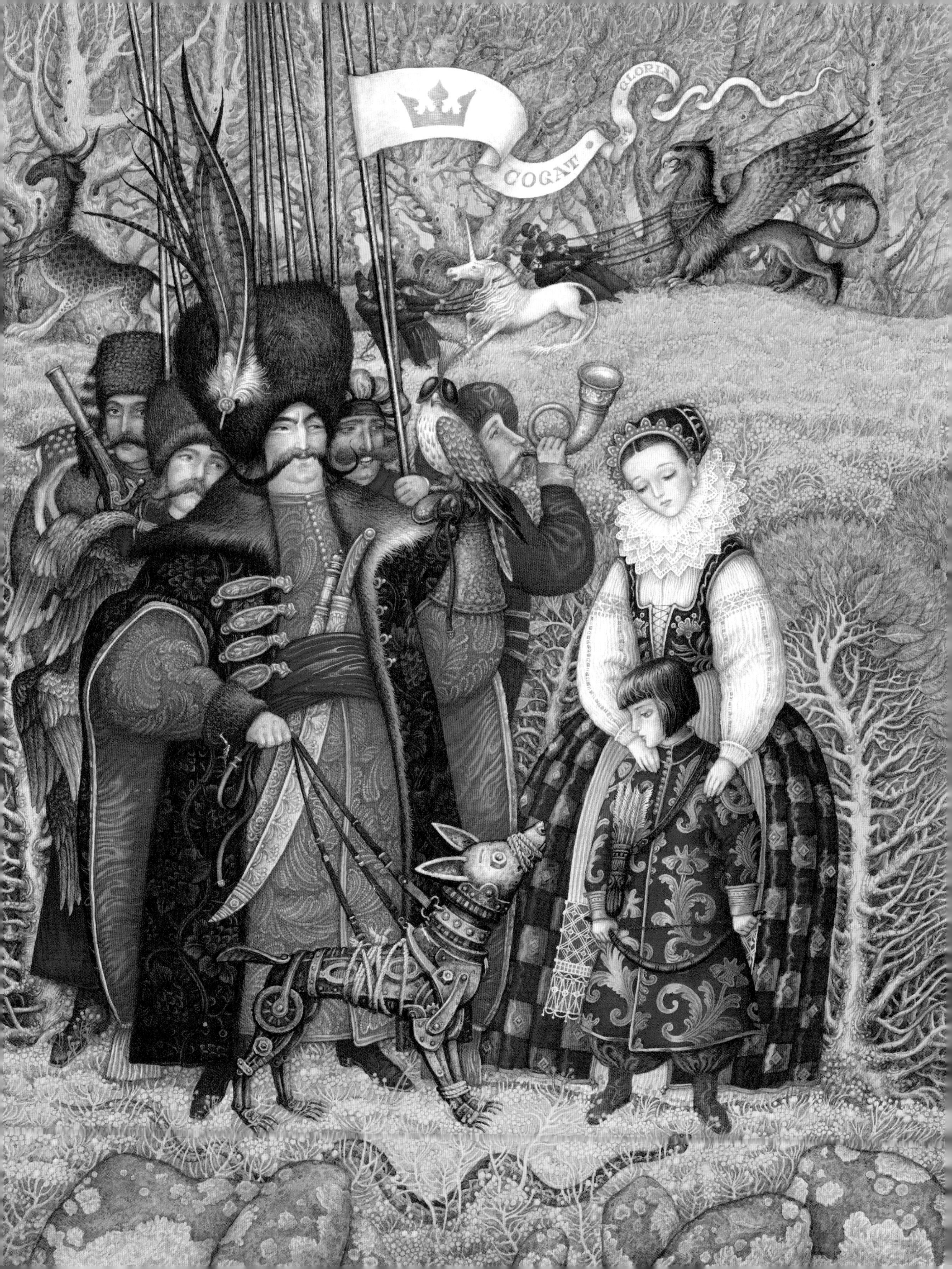
COGAT
GLORIA

Наказує король своєму маршалкові, щоб завіз королевича у великі ліси і щоб там його згубив і серце з нього привіз.

А мати-королева просить, плаче:

— Це ж твій син! Один-єдиний! Схаменися!

А він таки на своєму:

— І не проси! Де це чувано, щоб дитя мені такий встид зробило?!

І таки посилає маршалка з королевичем до лісу.

От королева кличе тихцем того маршалка і просить, щоб він його не губив. Дає йому багато грошей, пса та й каже:

— Як вивезеш дитя за ліс, пусти його в світ, а пса забий, вийми з нього серце і привезеш напоказ. І як так зробиш, то дам тобі стільки, що будеш мати на ціле своє життя.

І завіз той маршалок королевича за ліс, відпустив його, а сам забив собаку, вийняв з нього серце, привозить і показує королеві. Дає йому король багато грошей.

А королева нишком дає йому ще більше і просить, щоб він за сином доглядав. І для сина дає грошей багато і відсилає маршалка, щоб він хутко їхав туди.

Приїжджає маршалок до того лісу, знаходить королевича, бере його з собою і їде в друге королівство. Там знову став маршалком, а хлопчика віддав на кухню.

От пройшло скількись там часу. Підріс той королевич і став з нього дуже гарний хлопець.

А в того короля, де він був кухарем, була одна дочка. До неї сваталося дуже багато, а вона нікого з них не хотіла. І просить вона батька, щоб збудував їй галерею на другім поверсі і щоб оповістив по всіх усюдах, що як вона вийде і сяде на тій галереї, то хто до неї конем доскочить — за того вона й піде.

От король так і зробив. Розіслав скрізь по церквах і по королях, що «хто до моєї дочки доскочить конем на галерею, за того дочка піде заміж».

От з'їжджаються у певний день королевичі, паничі багаті, пишно повбирані. І той маршалок лагодиться скакати.

А бідний королевич вийшов, став за кухню, виплакався та й думає: «Якби й мені так можна, я теж спробував би! Але я, бідний, уже нінащо перевівся».

Стоїть замащений та й плаче.

Аж тут біжить вовк залізний — той, що він його колись випустив. Прибігає й питає:

— Як ся маєш, королевичу?

— І не питайся, вовче. Хіба не бачиш, як через тебе бідую? Хотіли мене згубити, та оддали на опіку маршалкові, і дали йому гроші за мене. А він мене запакував на кухню, а сам збирається до королівни доскочити.

А вовк повідає:

— Не плач, не журися! Колись ти мене з неволі визволив, тепер я тебе визволю.

Затрясся залізний вовк, і став з нього такий кінь, як змій! Дає він хлопцеві королівське вбрання і так йому каже:

— Сідай на мене і їдь. І як будуть скакати, то ніхто не доскочить. І твій маршалок буде скакати і не доскочить. А ти доскочиш. І дасть вона тобі перстень. Бери його й тікай, щоб ніхто тебе не піймав.

Поїхав королевич. Скачуть пани, королі до неї. Той маршалок скаче. Але ніхто не може доскочити.

А королевич на своїм коні як скочив, то аж на галерею вискочив. Дала йому перстень королівна, він подякував та й швиденько назад — ніхто не бачив, де й подівся.

От роз'їжджаються всі. Питає король:

— А що? Хто доскочив?

А той маршалок повідає:

— Я, — каже, — доскочив.

Королівна каже, що то не він, а той рече її батькові, що таки він.

Вона й каже до батька:

— Ну, коли то він, то нехай мені покаже той перстень, що я дала.

Коли ж маршалок на те:

— Ой нема, — каже, — бо як скакав я назад, то він мені десь випав.

І таки король не йме віри королівні, просить:

— Дай спокій, доню! Він би не казав, якби не доскочив.

То вже вона мусить іти за нього. Починають готувати весілля, з'їжджаються гості. Вже завтра мають брати шлюб, а вона плаче і просить батька:

— Таточку, вволи ще цю мою волю! Десь та не десь, а в сусідніх лісах, є золота жар-птиця. Хто її мені принесе, за того вже й піду.

Здивувався король на таке доньчине бажання, але подумав-подумав та й сповістив знову по тих самих, щоб їхали по золоту жар-птицю.

А королевич вийшов за кухню та й знову плаче.

Біжить залізний вовк.

— Чого ти плачеш, королевичу?

— Та того й того, — каже.

— Не журися, — каже вовк, — а сідай швидше на мене.

Затрясся вовк, подав йому королівську одежу та й поїхали.

Прибігають у той ліс, а там серед лісу — срібний палац, а коло палацу високий срібний стовп. На стовпі висить клітка золота, а в клітці — золота жар-птиця.

Каже вовк:

— Іди, королевичу, до сторожі й питай, що вони хочуть за жар-птицю?

Приходить туди. Повиходила сторожа, що стерегла жар-птицю, от королевич їх і питає:

— А чи є що таке на світі, що ви проміняли б на цю жар-птицю?

— Є таке, — кажуть. — Коли хочеш жар-птицю, то приведи нам коня до половини золотого, до половини срібного.

Іде королевич до вовка.

— Так і так, — каже.

— Сідай же швидше, — каже залізний вовк, — та поїдемо.

Сів він, поїхали. Їхали, їхали — от вовк привіз його знову до лісу. А в тім лісі стоїть кам'яна конюшня, а в конюшні ірже кінь. Каже вовк:

— Іди до сторожі й питай, на що б вони проміняли свого коня.

Пішов королевич, підходить туди, тут зараз і вискакує сторожа:

— А чого тобі, королевичу?

— Хочу коня вашого.

— Е, привези нам панну, що живе за сім верст відсіль у дубовім гаю, тоді візьмеш коня.

Приходить королевич до вовка та й розказує йому за ту панну.

— Сідай же швидше, та поїдемо, — каже вовк.

От відбігли трохи, залізний вовк і каже:

— Я перекинуся панною, а ти мене відведи і віддай сторожам, та як візьмеш у них коня наполовину золотого, наполовину срібного, то сідай на нього і їдь швидше по цій дорозі, що до жар-птиці, — я дожену тебе.

Так і зробили. Затрясся вовк, і стала з нього така панна, що й не сказати! Узяли сторожі ту панну, принесли їй яблук, ягід і всього-всього та давай гостити її.

От наївся наш вовчик гарно та й каже їм:

— Випустіть мене звідси трохи погуляти.

Вони й випустили. Та тільки що випустили — він зараз і перекинувся вовком, що вони й не зрозуміли, де і як, та й побіг, тільки курява знялася.

Наздоганяє королевича уже аж там, де була жар-птиця, та й каже йому:

— Я знов перекинусь конем, а ти відведи мене і віддай сторожам. Та як візьмеш жар-птицю, то сідай на коня і їдь дорогою до королівни — я тебе дожену.

От зробив королевич усе, як сказав вовк, узяв жар-птицю, сів на коня та й їде. Уже й палац недалечко, а вовка не видко. Зліз королевич з коня, сів під дубом та й чекає. Та стомився з дороги і задрімав.

Коли ж це їде назустріч і той маршалок — тільки-тільки в дорогу вирядився. Теж кортить йому тієї жар-птиці запопасти.

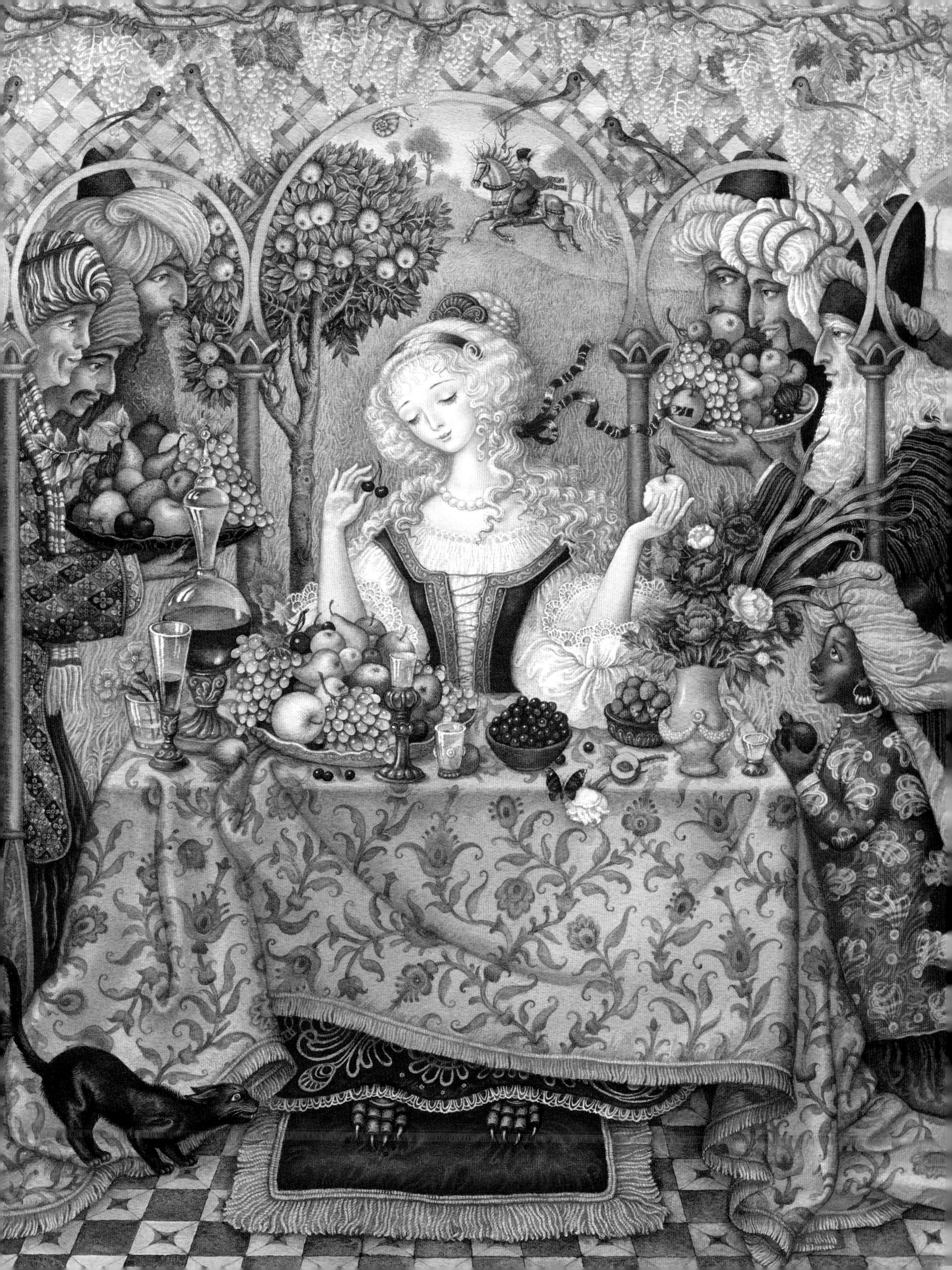

Під'їжджає, дивиться, аж королевич спить, а коло нього кінь до половини срібний, до половини золотий пасеться і золота жар-птиця.

Жар-птиця співає, будить хлопця, а він не чує.

От маршалок убив королевича, узяв жар-птицю, сів на того коня та й подався до королівни.

Незабаром прибігає й вовк. Дивиться, аж королевича вже дзьобає сорока, а гадюка ссе з нього кров.

От він зараз гадюку вбив, а сороці й каже:

— Як ти мені не принесеш води цілющої й живущої, то я твоїх сороченят знищу.

— У чому ж я тобі принесу? — питає сорока.

Він узяв, зробив з листя дві коробочки — одну прив'язав їй до одної ноги, другу — до другої та й пустив її.

На другий день прилітає сорока і приносить воду. Узяв вовк, полив королевича цілющою водою, зцілив його, а далі — живущою — оживив.

— Ох, і довго ж я спав! — каже королевич.

— Спав би ти й довіку, якби не я, — каже вовк. — Сідай швидше на мене, бо твій маршалок обвінчається з королівною.

Прибігають туди, а там усі так і полякались, як побачили залізного вовка!

Бачать — стоїть перед палацом бричка, а в тій бричці запряжений кінь до половини золотий, до половини срібний. Як побачив королевича кінь той, так і кинувся до нього, і бричку ту поволік з собою, а жар-птиця розбила вікно, вилетіла та й сіла йому на плече.

Коли це виходить і королівна з маршалком — така заплакана — їхати до шлюбу. Як угледіла вона королевича — зараз так і кинулась до нього:

— Оцей, — каже, — до мене конем доскочив, за нього я й вийду! Ось і перстень мій у нього, що я на галереї дала!

Дивиться на це диво старий король і сам не знає, що воно робиться.

Тут королевич і розказав йому все, як було. І як батько-король наказав його стратити за те, що він випустив залізного вовчика з льоху, і як королева дала тому маршалкові дуже багато грошей, щоб він його не стратив, а взяв на опіку. І як маршалок згубив його зі світу і вкрав коня й жар-птицю...

Звелів король прив'язати маршалка до коня такого, що ще ніхто ним не їздив, і пустили коня в степи, щоб розшарпав його на шматки.

А королівна з королевичем сіли на залізного вовка та й поїхали до шлюбу.

А як відгуляли весілля, вовк і каже:

— Ну, королевичу, тепер ніхто нікому не винен — ні я тобі, ні ти мені.

Подякували один одному та й розпрощалися.

От вам і казка ловка — про королевича й залізного вовка!

Колись у далеку давнину жили собі чоловік та жінка, і був у них син, що дуже любив битися. Через це в їхній хаті завжди була сварка.

Раз приходить до них їхня сусідка та й каже:

— Ваш хлопець бився з моїм. Скажіть йому щось, покарайте його.

Тато, не довго думавши, прогнав хлопця з дому. А мама збоку й каже:

— Аби ти, синку, так бився, як Лугáй у полі.

Пішов хлопець з дому та й думає: «Хто він такий, той Лугай? От би мені його знайти!» Ходить світами, всюди переходúв. У тих мандрах минуло багато часу.

От якось заходить він у степ, дивиться: спить чоловік, а коло нього — шабля. Він ухопив шаблю, думає: «Відітну голову, й буду мати шаблю... Але ні, — міркує далі, — він спить, і я не знаю, хто це...» — Ліг попри того чоловіка і теж заснув... А то був сам Лугай.

Лугай пробудився, дивиться — хтось коло нього спить! Хапнув шаблю, але подумав: «Ні, він спить, і я не знаю, хто це...». Збудив хлопця й питає:

— Хто ти такий?

— Я такий і такий-то, — каже. — Мені закляли, аби я так бився, як Лугай у полі. От я й шукаю того Лугая...

— То ось ти й знайшов мене, — каже чоловік. — Я — Лугай, і вже купу років б'юся з дванадцятьма чортами, та ніяк не можу вбити дванадцятого.

— Я вам поможу, — каже хлопець.

— А ти не боїшся?

— Ні, не боюся.

Дає йому Лугай свою шаблю:

— Опівночі, — каже, — вони сюди прилетять.

От надходить північ, надлітають дванадцятеро чортів — і до хлопця. Обертається він в один бік, у другий — рубає чортів Лугаєвою шаблею. Вбиває одинадцятьох, а дванадцятий — тікати. Хлопець — за ним!

Старший Лугай прилишився ззаду, а молодший — попереду. От-от наздожене чорта! Вже доганяє, а чорт — шух! — і скочив у велику чорну прірву!..

Та хлопець таки встиг махнути шаблею попри саму землю і відтяв голову чортові!

Прибігає Лугай, стає перед хлопцем на коліно:

— Тепер — ти́ Лугай у цім полі! — каже.

Вивів хлопця в чисте поле, здійняв руки і крикнув:

— Чорти! Лугай в полі війни хоче!

Віддав хлопцеві свою шаблю та й розпрощалися.

*люті, навіжені

Лишився хлопець сам. Стало йому лячно. Коли це опівночі летять дванадцятеро чортів, і всі дуже ярі*. Летять просто на нього. Він шаблею в один бік, у другий — одинадцятьом голови стяв, а дванадцятий — тікати!

Хлопець за ним, за ним. Дивиться — чорт у печеру. Він — за ним. Там вогонь — хлопець у вогонь; далі вода — хлопець у воду; там морок заступає дорогу — він крізь морок — за чортом, за чортом... Так добіг аж на той світ і аж там розправився з нечистим.

Ходить тим світом, бродить, а навкруги усе якесь не таке, як на цім світі. Дивиться, стоїть величезний палац з багатьма дверима. Відчинив одні двері — звідти вогонь. Зачинив. Відчинив другі — звідти вода. Зачинив. Відчинив треті — звідти ніч! Зачинив. Отворив четверті — звідти людські голови котяться...

Доходить до дванадцятих, зазирає туди, а там сидить дівчина на два ланцюги прикута. Така файна! Кинувсь до неї, розкував її. Вона й питає:

*Леґінь — хлопець

— Хто ти, леґіню*? Як ти сюди забрався?!

— Я — Лугай! — каже.

— Тікай звідси, Лугаю, доки не прилетіли чорти.

— Я з чортами розправився вже!

— Це добре, але тут є ще гірші. Тут живуть дванадцять зміїв. Вони тебе вб'ють.

— А ти знаєш, де вони тепер?

— Пішли битися з кимось у степ.

«Це, певно, зо мною» — подумав хлопець. — А коли вони вертаються?

— Вони перед тим кидають з лісу свою булаву, — каже дівчина.

Чують — у подвір'я влетіла булава. Лугай вискочив надвір і завернув булаву назад у ліс. Наймолодший змій крикнув:

— Хлопці, супроти нашої сили хтось є!

Кинулися змії додому. Прилітають, аж усе позачинювано, тільки двері до дівчини відхилені. Наймолодший скочив досередини, а хлопець з-за дверей — чвах! — відтяв йому голову. Заходить другий — чвах! — відтяв. Далі третій, четвертий — і так розправився з усіма зміями. Каже дівчина:

— Отепер ми вільні.

Вийшли вони надвір, а коло палацу росте золота яблунька.

— Зірви яблуко, — каже дівчина.

Він зірвав.

— Перекрай надвоє.

Він перекраяв.

— Кинь почерез себе.

Він кинув — і палацу не стало.

— Бери в кишеню.

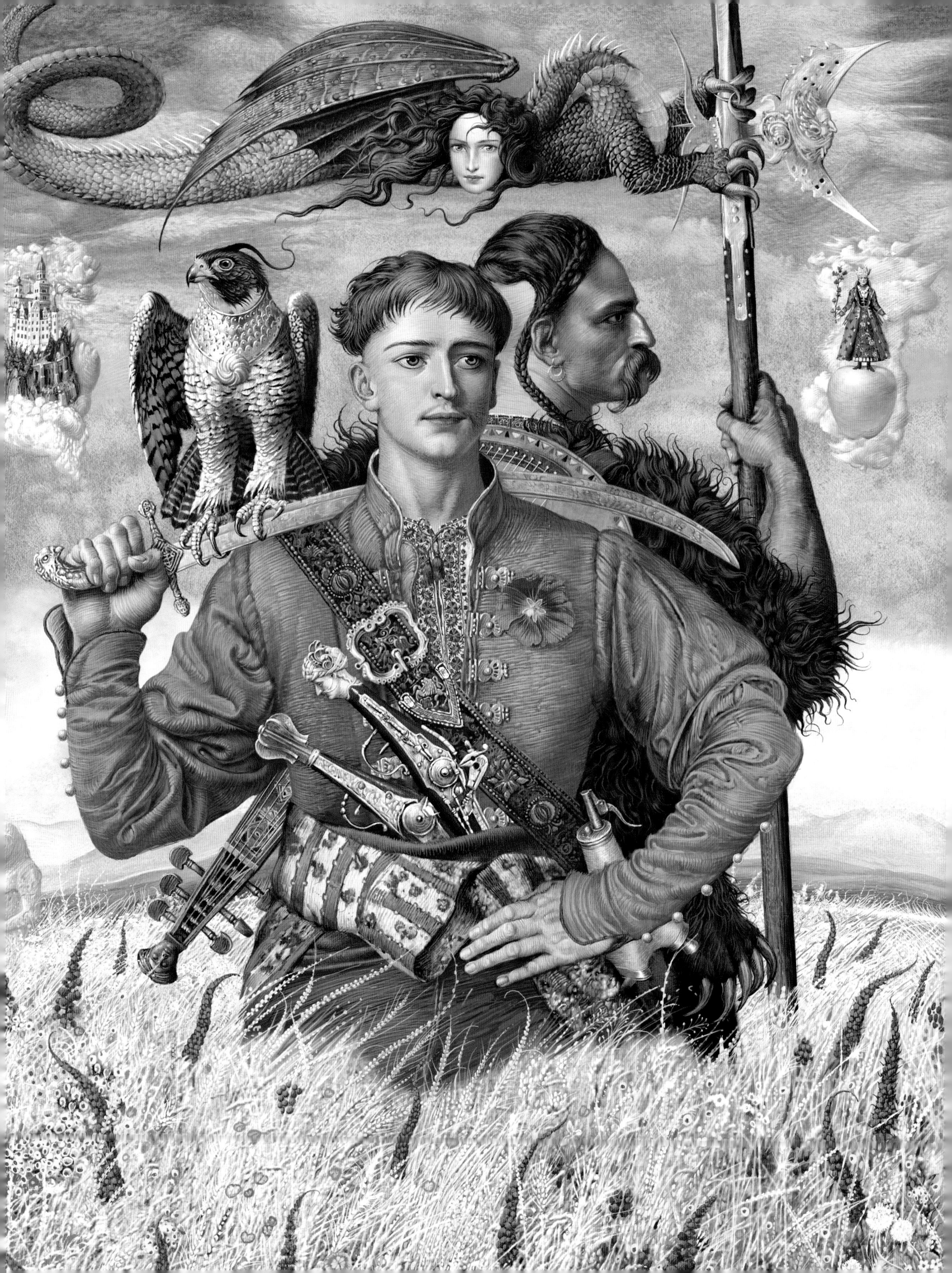

Він узяв.

— А тепер ходім, — каже дівчина.

Ідуть вони, йдуть, вийшли на цей світ. Став серед степу хлопець та й каже:

— Отут би нам жити.

— Ні, — відповідає вона, — тут недобре. Підемо далі.

Ідуть далі. Дійшли аж над море. А там такі причали, такі кораблі!..

— Отут би нам жити, — мовить дівчина. — Море рибку викидає, всілякі кораблі припливають.

— Добре, — каже хлопець, — але де тут жити?

— А ти візьми яблуко і кинь його почерез себе, — каже вона.

Хлопець вийняв, кинув, і там, де яблуко впало, став пишний палац.

От живуть вони в тому палаці. Припливають кораблі, відпливають.

Коли це одного разу припливає корабель від її тата. Прийняли вони гостей і передали з ними циду́лу, що просять батька до себе в гостину.

Старий утішився, але наказує:

— Вертайтеся до них і заберіть їх до мене.

Ті приїхали, переказали батькову волю. А Лугай відповідає:

— Ні, як йому задалеко до мене, так мені й до нього. Коли він не приїхав до рідної доньки, що була пропала навіки, то я теж не поїду до нього.

— Лугаю, — каже дружина. — тато на нас розсердиться.

— Я не боюся нікого! — відказує Лугай.

Вернулися после додому, усе розповіли. Розгнівався батько, наказав зібрати військо і вбити зятя. Припливає військо, скочило з корабля й починає стріляти.

Вийшов Лугай — в один бік шаблею махнув, у другий, а в третій вже не було чого махати. Лишилось з усього війська дві-три душі. Вони й вернулися з кораблем.

Ще дужче розлютився старий. Пішов до Лікти́бороди, найстаршого над чортами:

— Як уб'єш мого зятя, — каже, — візьмеш мою доньку собі за дружину. А я замітатиму у вас коло хати. Тільки вбий його!

Лікти́борода згодився. Спорядили кораблі й попливли...

— Пропав ти, Лугаю, — каже дружина. — На тебе йде сам Лікти́борода з чортами.

— Так, пропав, — каже Лугай, — але боронитися буду.

Сім днів бився Лугай з чортами. А їх прибуває й прибуває. Нарешті так знесилів, що мусив зайти в палац. Сказав до дружини:

— Клич, нехай іде мене вбивати.

Увійшов Лікти́борода, відрубав Лугаєві голову, забрав його жінку й поплив...

А тим часом Лугаєва матір довідалася від людей, що син її був великий сміливець і загинув. Пішла вона його шукати.

Іде та й іде. Дні і ночі йде. Аж бачить — біжать чортенята в полі й сперечаються між собою. Більший меншого по лицю — пах-пах-пах! А менший: «Ти чого б'єшся?!» — вихопив шабельку і, не довго думавши, тільки — чвах! — відтяв тому голову. Третій каже: «Що ти зробив?». Підбіг, притулив голову, зірвав якусь травичку, приклав до шиї. Той чортик і ожив. Побігли вони далі.

От мати й собі з того кущика травичку зірвала.

На ранок надходить до палацу, а син її лежить неживий. Вона притулила голову до тіла, приклала до шиї травичку — він і пробудився:

— Ох, як довго я спав!

Очунявся трохи, а далі й каже:

— Ви, мамо, зоставайтеся тут, а я піду свою жінку рятувати.

Пішов у причал, сів на корабель і поплив до тестя. Припливає туди і йде до палацу, де живе Лікти́борода з його дружиною. Увечері підплатив сторожу, переліз через мур і опинився в покоях. Як же врадувалась його молода жона!

— Тікаймо звідси! — каже Лугай.

— Не можна мені втікати, — відмовляє вона. — Лікти́борода однак дожене нас і вб'є. Треба так зробити, щоб його самого зі світу звести...

На другий день усі в палаці ходили дуже сумні — заслабла молода жона Лікти́бородова. Скликають лікарів — ніхто не знає, як її вилікувати.

Каже вона до Лікти́бороди:

— Певно, чоловіченьку, я буду вмирати. То признайся мені хоч перед смертю: звідки в тебе така сила? де вона ховається?

Лікти́борода не хоче казати, а вона лащиться й просить. Не витримав він:

— Моя сила, — каже, — у дванадцятій горі, у золотій дірі. Гора раз на рік відкривається — моя сила показується.

А Лугай тим часом переодягся на ворожбита, ходить під вікнами:

— Я вмію лікувати, я вмію уздоровляти!

Почув це Лікти́борода, кличе його до себе:

— Як вилікуєш мою жону, — каже, — віддам усе, що забажаєш, а ні — то вб'ю тебе.

Лугай увійшов до жінчиних покоїв, про все в неї розпитався, побув з нею.

От на третій день прибігає вона до Лікти́бороди — уже весела, вже здорова.

— Чим я тобі, докторе, маю за це відплатити? — питає Лікти́борода Лугая.

— Хіба дай мені пару добрих коней і на рік їсти-пити, — каже Лугай.

Як так, то й так. Дали йому коні, напакували їсти, пити. Поїхав він.

Їде, їде, і десь, може, так за місяць добирається до тої гори. А там її стережуть троє лютих орлів і нікого до гори не підпускають. Орли голодні-преголодні — Лікти́борода уже з півроку їх не годував.

Один орел кинувся до Лугая — хотів його з'їсти.

— Не їж мене, орле, — каже Лугай. — Я прийшов у Ліктибороди силу забрати.

— Ні, ми тебе до його сили не пустимо, ми тебе розірвемо! — каже орел.

— Краще візьміть мого коня, — каже Лугай, — бо я мушу Ліктибороді відімстити і за себе, і за дружину свою — він украв її в мене.

— Добре, — каже орел. — Я беру коня й пораджуся з товаришами.

Ухопив коня, злетів на гору. Орли коня роздерли і з'їли. Порадилися.

Злітає орел до хлопця та й каже:

— За три дні гора відкриватиметься. Як зайдеш туди — не барись, бо гора швидко закривається.

Сказав це, узяв хлопця на плечі і вилетів з ним на гору.

От на третій день розсувається та гора. Звідти показався золотий стіл із золотою шухлядою.

Лугай заскочив у гору — до стола, висунув шухляду, а там — скринька. Він ухопив її — й назад. Та трохи припізнивсь, і гора відтяла йому шматочок п'яти.

Орли поплювали йому на ногу, п'ята й загоїлася.

Каже він тим орлам:

— Летіть зі мною. Як розправлюся з Ліктибородою, будете в мене добре жити.

— Як летіти, то летіти, — кажуть орли.

Полетіли. Сів Лугай на другого коня, а орли — за ним...

Їде він, їде, і так йому кортить дізнатися — що ж там у тій скриньці? Не втерпів — відтулив її трохи, дивиться — а там дванадцять шершенів. Один шершень просунув голову в шпарочку — Лугай і відітнув її накривкою. Вже тільки одинадцять шершнів. А далі їх лишалося менше й менше — десять, дев'ять...

Тим часом відчув Ліктиборода, що слабшає. Закричав:

— Жінко, я слабну!

Ох і втішилася вона! Думає: «Дістався, нарешті, мій Лугай до твоєї сили!».

Поки Лугай доїхав додому, у скриньці зоставсь один шершень — Ліктиборода вже ні рукою, ні ногою не може ворухнути.

Заходить Лугай до нього, а той просить:

— Залиш мені хоч крихту сили... Я буду тобі служити.

А Лугай:

— Ні, — каже, — таких слуг мені не треба!

Відтулив накривку і відтяв голову останньому — дванадцятому — шершневі. Ліктиборода й духа свого нечистого спустив.

Тіло його спалили, позамітали, сіли на корабель і попливли з орлами у свій палац.

Мали прегарних дітей, купили великий постіл*, насипали туди добра й возили його постолом, аж доки не повмирали.

*постоли — легке шкіряне взуття

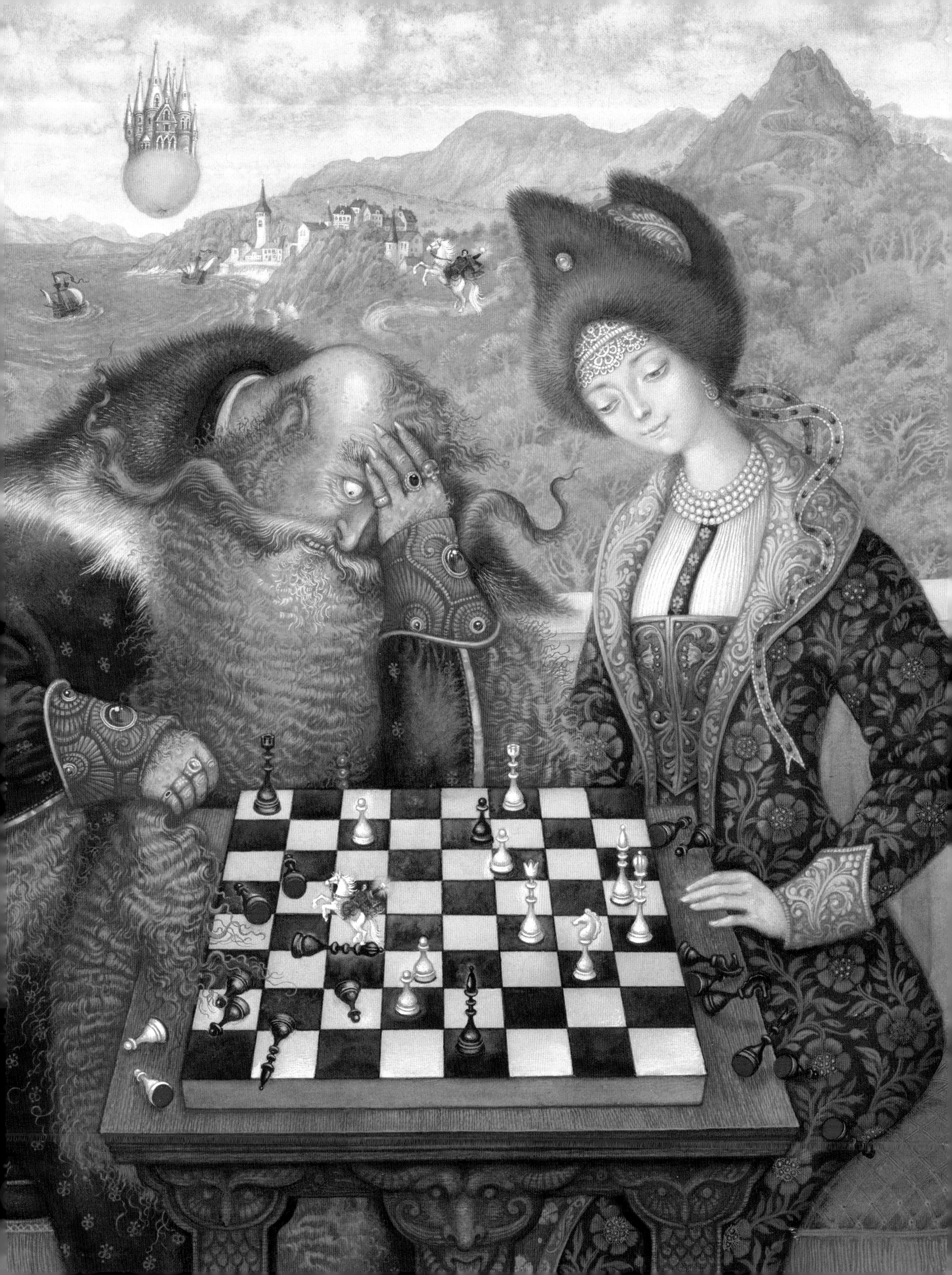

ЯК МИКОЛА БУВ КОРОВОЮ

Жив собі один бідака на ім'я Микола. Була в нього старенька хатина, а в тій хатині — повно дітей.

Якось пішов Микола з жінкою до лісу: він — по дрова, а жінка — по гриби. Аж дивляться — а багач, у котрого Микола майже задармо служив цілий рік, веде з ярмарку корову. Миколина жінка тихо мовила:

— От коли б нам таку корову — було б і нашим дітям молоко!

— О, ти добре кажеш, — шепнув Микола. — Багач мені винен купу грошей, то й корова буде наша.

Лишив він жінку в кущах, а сам пішов на дорогу. Тихенько підкрався до корови, зняв з її рогів мотузку і зав'язав собі на шию.

Корова пішла в ліс пастися, а Микола поплівся за багачем. Втішилася жінка, бо зрозуміла чоловікову хитрість, і повела корову лісом додому.

А багач ішов і не оглядався. Не знати, як довго йшов би він так, але стрівся йому по дорозі знайомий купець.

— Гей, сусіде, — крикнув той ще здалека, — що ти дав за цього вола?

Багач і тепер не озирнувся, тільки сердито буркнув:

— Коли ти й досі не відрізниш вола від корови, то краще помовч.

— Та яка ж то корова — то віл волом! — реготався стрічний купець. — Як не віриш, то сам подивися.

Багач озирнувсь і аж за голову схопився:

— До чортової мами! Купив добру корову, а таке сталося!

Купець посміявся, посміявся та й пішов, а багач став серед дороги і не знає, що й робити.

— Звідки ти тут узявся? — питає він Миколу.

— Я й сам не знаю, — відказує Микола. — Не пам'ятаю, щоб ти купував мене як корову.

Багач лиш очима по-дурному лупав, а тоді запитав:

— А як ти став коровою?

— Не знаю, — каже Микола, — але маю гадку, що прокляла мене одна вдова. Колись я був багатий і скупий. І служила в мене вдова майже задармо цілий рік. А як ішла від мене, то закляла: «Бодай ти, Миколо, став коровою і був нею доти, доки виплатиш мені зароблене молоком».

Багач на таке аж скривився:

— Послав тебе чорт на мою голову, ще й гроші забрав. Іди собі та не роби з мене посміховисько!

— Як то — йди собі?! — приступив до нього Микола. — Це тобі так легко не обійдеться. Хто ж таке чув, щоб невинному чоловікові мотуз на шию пов'язати? Я тебе позиваю до суду!

Бачить багач — біда буде. Заплатив Миколі гроші, щоб той мовчав.

Прийшов Микола додому з повними кишенями, а жінка уже й корову здоїла і молока дітям наливає.

За якийсь час корова отелилася, і за рік вигодував Микола другу. А стару корову надумав продати.

Ідуть вони з жінкою на торг і корову ведуть. Тільки прийшли, а їх обступили з усіх боків купці, бо кращої корови, як у них, того дня не було.

Жінка торгується, а Микола роздивляється довкола. Аж бачить — підходить до корови її колишній ґазда́. Микола кліпнув до жінки, а сам тихенько відійшов набік.

А багач оглянув корову і зашепотів їй на вухо:

— А що, Миколо, знов тебе продають? Так тобі й треба. Та я не такий дурний, щоб тебе ще раз купити, — та й пішов собі геть.

А Микола з жінкою продали корову і вернулися додому раді-радісінькі, що так лепсько позбиткувалися зі скупого багача.

Був, де не був, на світі один пан. Як умирала його дружина, то попросила перед смертю, щоб він оженився лише з тією, котрій підійде на четвертий палець її весільний перстень.

От ходить пан по світу, міряє жінкам і дівчатам той перстень, але нікому не підходить. А той пан мав дуже красну небогу на ім'я Олянка. Закликав її та й каже:

— А дай-но свій палець — може, тобі підійде?

Надягає їй перстень — а він і підійшов.

— Ну, — каже, — тепер мусиш мені за жону бути.

*дядька

А молоденька небога: ні і ні. Не хотіла йти за свого старого ву́йка* — боялася гріха. Та він не відступав — дуже й дуже напирав на неї.

Бачить Олянка, що так просто не відкрутиться від нього, та й каже:

— Добре, піду я вам за жону, але мусите мені справити таку сукню, щоб була, як зорі.

Дістав він їй таку сукню, як зорі. Але вона й тепер не хотіла за нього. А він дуже натискає, що таки мусить.

— Добре, — каже Олянка. — Справте мені ще таку сукню, як місяць.

Справив їй і таку. А вона й далі не хоче йти до шлюбу.

— Ще справте мені таку сукню, як сонце, — каже.

Справив і таку. А наостанок попрохала собі ще й дерев'яну сукню зробити.

Зчудувався стрий, але зробив їй і таку.

Бачить Олянка, що інакше не буде — пішла до одного покою й зачала дуже молитися, щоб земля її прикрила, бо ніяк вона не хотіла йти за свого старого родича. Молиться вона у тій хатці, молиться. А він її кличе:

— Олянко, Олянко, ходи, бо вже в церкві перший раз дзвонять!

— Зачекайте трошки, я взуваюся.

А вона вже по коліна в землі була. Земля вже її приймала.

*ґукає

І знов заго́йкує* вуйко на неї:

— Олянко, Олянко, ходи, бо вже другий раз дзвонять!

— Чекайте, най собі панчохи підв'яжу.

А вона вже по пояс у землі була.

Загойкує на неї і втретє:

— Олянко, Олянко, ходи, бо вже третій раз дзвонять.

— Зачекайте ще трошки, най уберу коралі.

А вона вже по плечі в землі була.

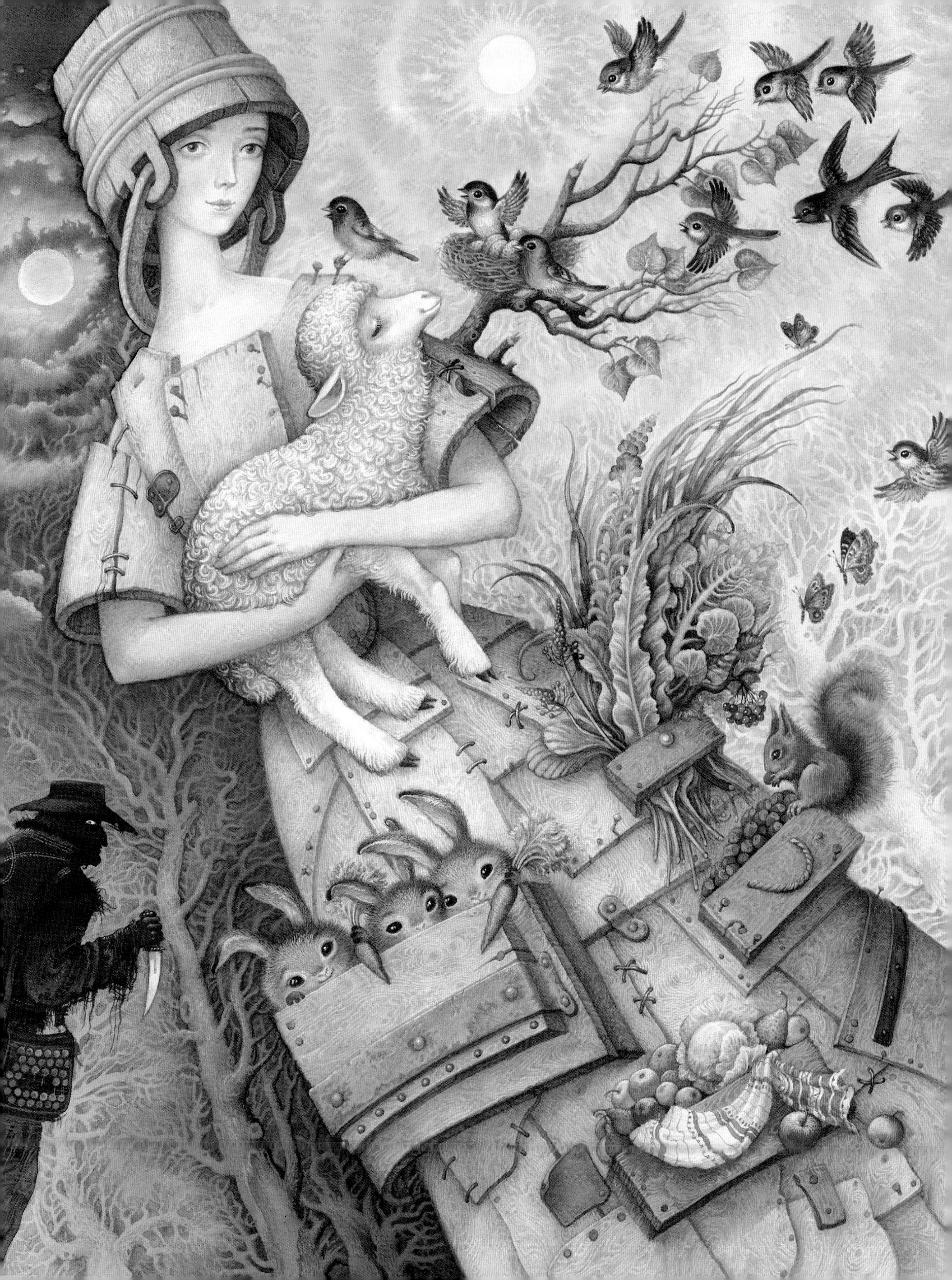

Загойкує на неї і четвертий раз:

— Олянко, Олянко, ходи, бо вже зараз з церкви виходять.

— Чекайте, най на собі ху́сти* зав'яжу.

*хустки

А вона вже таки цілком пропала в землю…

Заходить старий до тої хатки, дивиться — а її нема. Він зразу й зметикував, що вона пішла на другий світ.

А Олянка як туди йшла, забрала з собою всі сукні — таку, як зорі, таку, як місяць, таку, як сонце, і дерев'яну. Прийшла на другий світ, вдяглася в дерев'яне плаття і найнялася до одного великого пана служити. Та тільки в тому дерев'яному й ходила. А інші сукні сховала в хліві під коритом.

А в того пана був один син. От якось здумав той син врядити бал. А на той бал разом з панами збиралися й декотрі молоді служниці з того дому. Проситься й Олянка, щоб пані дозволила їй туди піти.

— Ой, не сміши людей, дерев'яне чудо! — каже пані. — Тебе там треба? Та всі пани звідти повтікають, як тебе побачать.

Інші служниці причепурилися, красно зачесалися, убралися в ла́дні сукні, а до неї лиш на сміх говорили.

Як служниці порозходились, Олянка вмилася, красно зачесалася, скинула з себе дерев'яне плаття, пішла в хлів і принесла звідти ту сукню, що така, як зорі. Одяглася й пішла на бал. А коли вона збиралася, це все бачив панів кучер.

Прийшла на бал, і там її зараз-таки ухопив у танець син того пана, у якого вона служила. Цілий вечір танцював тільки з нею, ні з ким більше не хотів.

Як настав час вертатися, Олянка сказала тому паничеві, що зараз вернеться, а сама втекла. Вийшла надвір і мовила:

— Сперед мене видно, позад мене — темно!

І стало так: попереду неї видно, як під трьома місяцями, а позаду неї — темно. Побігла вона в хлів, те плаття зняла, сховала під корито, а сама вбралася в дерев'яне й пішла на кухню спати. І цього разу той кучер усе бачив, але не сказав їй нічого.

Прийшли служниці й зачали оповідати:

— Ось ти спиш, дерев'яне чудо, а ми таку панночку бачили, що таку красну сукню мала, як звізди. Вона з нашим паничем танцювала — нікому другому не хтів її дати.

— Е, мені добре й так, — відказала Олянка.

Другого вечора знову був бал. Служниці ладяться, чепуряться, а вона нічого — навіть і не проситься на той бал. Лягла собі та й ніби спить.

А як служниці розійшлися, схопилася з постелі, вмилася, красно зачесалася, пішла в хлів і взяла з-під корита таку сукню, як місяць. Дерев'яну скинула, а цю взяла на себе й пішла. Кучер і тепер усе бачив, але не дав їй знати.

Прийшла на бал, а всі так і розступаються перед нею, мовби вона королівна. Уздрів її панич і зараз узяв до танцю, і цілий вечір не випускав її зі своїх рук.

Коли зближалася північ, Олянка знов якось від нього відкрутилася. Вийшла надвір, мовила: «Сперед мене видно, позад мене темно!» — і знову так сталося.

Прибігла в хлів, місячну сукню скинула, а дерев'яну — на себе. Пішла на кухню й лягла спати. І знов кучер усе те бачив, але не дав їй знати.

Приходять служниці з балу та й хваляться, що й нині та панночка була на балу, і що таку сукню мала, як місяць! І що панич тільки з нею танцював, а відтак вона десь пропала, і ніхто не бачив куди.

На третій вечір знову затіяли бал, бо панич уже не міг, щоб її не бачити.

І знову служниці збиралися на бал, а вона лягла спати. Як усі порозходились, вона встала, вмилася, красно зачесалася і принесла з хліва таку сукню, як сонце. Одягла її та й пішла на бал. Кучер і це бачив.

Прийшла туди, і не встигла ще й поріг переступити, а вже той панич ухопив її в танець. Між танцями зняв свій золотий перстень і вбрав їй на палець.

Як настав час вертатися додому, вирвалася Олянка від панича, вибігла надвір і крикнула: «Сперед мене — видно, позад мене — темно!..»

Побіг панич за нею, шукав її, але марно — за нею вже чоренна темінь була.

Прибігла вона в хлів, скинула ту сукню і вдягла дерев'яну. Швиденько на кухню та й ніби спить. Вернулися служниці й кажуть:

— А пропала б ти, дерев'яне чудо, зі своїм спанням! Ми сеї ночі таку панночку бачили, що таку сукню мала, як сонце! Наш панич не випускав її з рук, надів їй на палець перстень золотий, а вона таки втекла.

— А мені добре й так, — мовила Олянка.

А той панич прийшов додому і аж захворів — так, що й з постелі не встає. Дуже банува́в* за нею. Аж приходить до нього кучер і каже:

*сумував, тужив

— Паничу, я би вам щось оповів, але не смію.

— Кажи, не бійся нічого!

— Ну, — каже кучер, — та панна, що танцювала з вами, — то наше дерев'яне чудо. Я видів, як вона одягалася у ті всі красні сукні.

Відсипав панич кучеру жменю грошей і наказав, щоб ніхто інший не ніс йому їсти, тільки дерев'яне чудо. Не дуже це сподобалося іншим служницям, але нема ради.

От несе Олянка паничеві їсти і впустила золотий перстень у таріль.

Молодий панич попоїв, уздрів перстень та й каже:

— Чи то ти зі мною танцювала?

— Я? Ні! — відказує Олянка.

— Не віднікуйся, а краще одягни якусь із тих суконь, бо кучер усе бачив.

Що тут поробиш? Пішла вона, одяглася в сукню та й приходить до панича.

Як уздрів її панич, сплеснув у долоні і аж засміявся:

— Ну, тепер ти мусиш бути мені за дружину.

— Добре, — каже вона. — Але пообіцяй, що ніколи не приймеш на ніч жебрака.

Панич пообіцяв і невдовзі вони повінчалися. Служниці не могли того пережити.

У рік народила вона йому двох золотоволосих хлопчиків.

І того-таки дня, десь пополудні, приходить один жебрак і проситься на ніч. Панич забув про обіцяне і прийняв його. А той жебрак — то був її старий вуйко, що молився доти, доки земля і його пожерла. Так він прибув на той світ.

По вечéрі полягали спати. Як усі поснули, той жебрак умертвив золотоволосих дітей, а ніж тихенько поклав Олянці в руки, мовби то вона їх повбивала.

Уранці встає молодий пан, пішов до ліжечок — хотів порадуватися дітьми, — а діти мертві. А в Олянки в руках закривавлений ніж!.. Як це?! Що робити?..

Коли ж надходить і той жебрак та й каже:

— Треба відвезти її в пекло разом з дітьми.

— А хто ж її повезе?

— Я повезу, — жебрак каже.

Положив дітей на возик, узяв Олянку й поїхали. Прийшли до пекла:

— Ну, сідай, най я тебе туди скину, — каже до неї вуйко.

— Добре, але спершу покажіть, як сідати, бо я не вмію.

Вуйко сів у возик і показує: отак! отак!

А Олянка лиш — ррраз! — та й трýтила* його в пекло — він аж задуднів**.

*штовхнула;
**загримів

Взяла вона на руки своїх діток та й іде. Зайшла в ліс, дивиться — криничка. Нахилилася — і якось ненароком намочила одне дитятко. Воно й ожило. Намочила друге — ожило й те. Господи, як же вона врадувалася!.. Зробила коло тої кринички сяку-таку хатку з гілля й оселилася там зі своїми синочками.

А тим часом її чоловік пішов з лісником на полювання. Заходять у той ліс, от лісник її й побачив. Каже молодому панові:

— Пане, пане! Онде ваша дружина!

— Гм, — каже пан. — Дуже подібна, але в неї діти живі.

Підійшли ближче. Питає молодий пан:

— Скажи мені: ти — Олянка, моя дружина, чи ні?

— Так, — відказує Олянка. — Я твоя бідна дружина, а це — твої діти.

— А як вони ожили?

Вона тоді й розповіла йому все — і про жебрака, і про пекло, і як ожили їхні діти.

— А той жебрак, — каже, — то мій старий вуйко. Він узлостився на мене, бо я не схотіла стати йому жоною.

По цих словах молодий пан перепросив Олянку і забрав її разом з дітьми додому. І з того дня жили вони як у казці — любо собі говорили і бричкою добро возили.

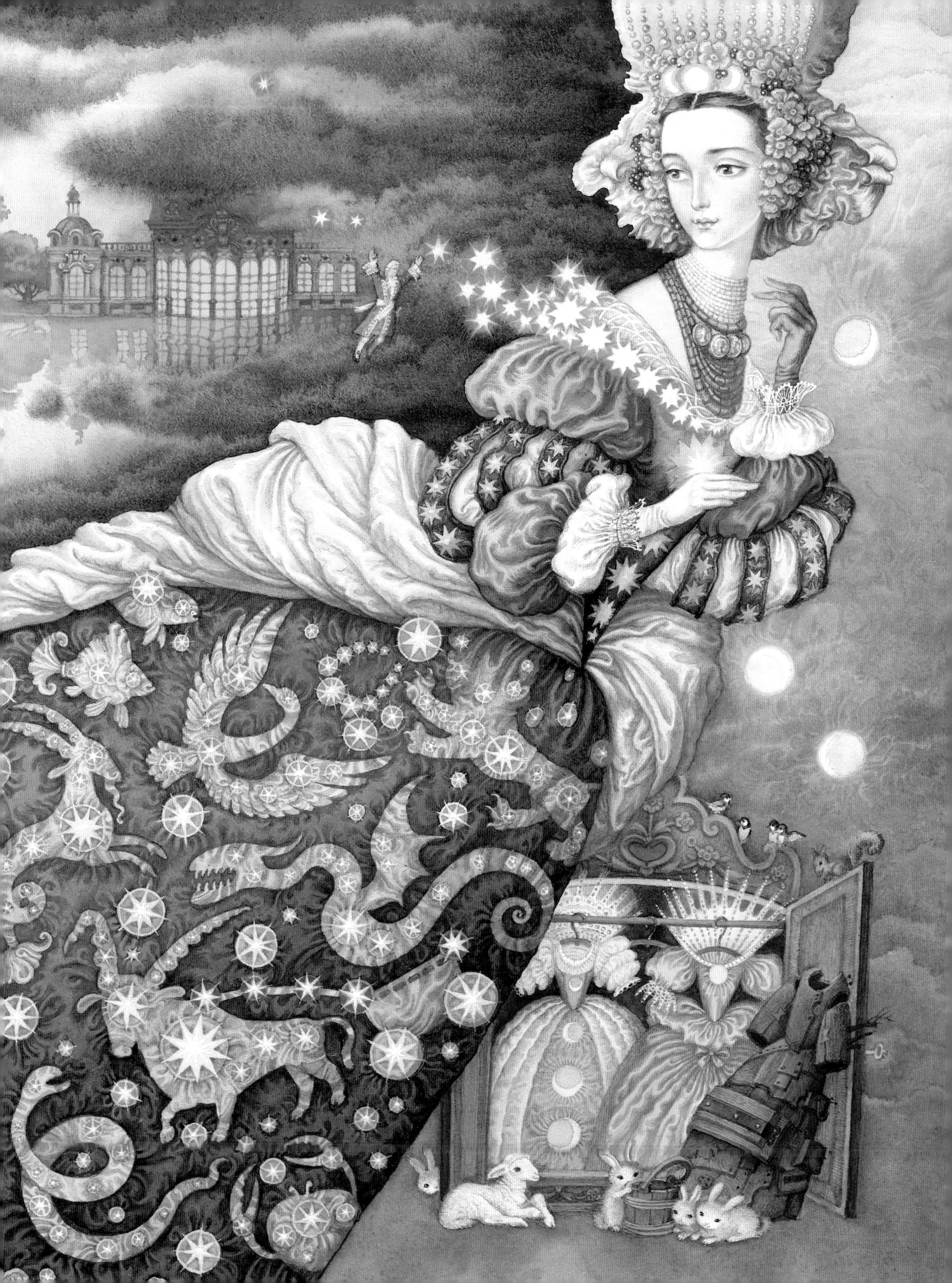

Був собі одставний москаль. Ходив-ходив, нудив світом і так зайшов аж на той світ. Приходить до пекла — а там чортів так багацько, що страх!

Він зараз і почав по-московськи кричати:

— Тьху, пропасть! Нечистий дух как смердіт!

Чорти на нього кричать:

— Іди собі... Чого ти хочеш? Тут не можна ще тобі бути!

— Пождіть-пождіть, — каже москаль, — дайте мені тут у вас порозкладатись.

От забиває він кілочки по стінах та й каже:

— Це на ранець, це на муніцію, це на шинель, а це — на ружжо!

Порозвішував усе й питається:

— Що це таке?

А чорти кажуть:

— Пекло.

— Ну, хорошо, що тепло. А що то, — питає, — кипить?

— Душі.

— Ну, слава Богу, що є галуші. Дайте ложку.

Дали йому ложку, а він як почав трощити!

Чорти розсердились, та давай на нього кричати:

— Що ти робиш? Іди собі звідси!

А він і каже:

— Ну, хорошо, ходім надвір, покажете мені, у яку дорогу йти.

Чорти повиходили всі з пекла, а він узяв та й зачинивсь і не пускає їх назад.

Чорти змерзли та так кричать-плачуть! Аж іде баба:

— Чого ви плачете? — питає.

— Та от москаль прийшов у пекло, зачинивсь і нас не пускає.

— А, дурні чорти, не знають, що робити! — каже баба. — Піймайте собаку, візьміть, здеріть шкуру, зробіть барабан, забарабаньте — от він і вийде!

Чорти зраділи — побігли, піймали собаку, облупили його, зробили барабан:

— Тррррр! тррррр!

Спохопився москаль та як закричить:

— Ох, матушка, у похід пора!

Узяв, зібрав усю свою *муніцію* та й пішов. А чорти убігли в пекло і зачинились.

Вийшов москаль надвір, дивиться — нема нічого.

— От, піддурили, бісові сини!

Та й пішов собі далі луччого місця шукати.

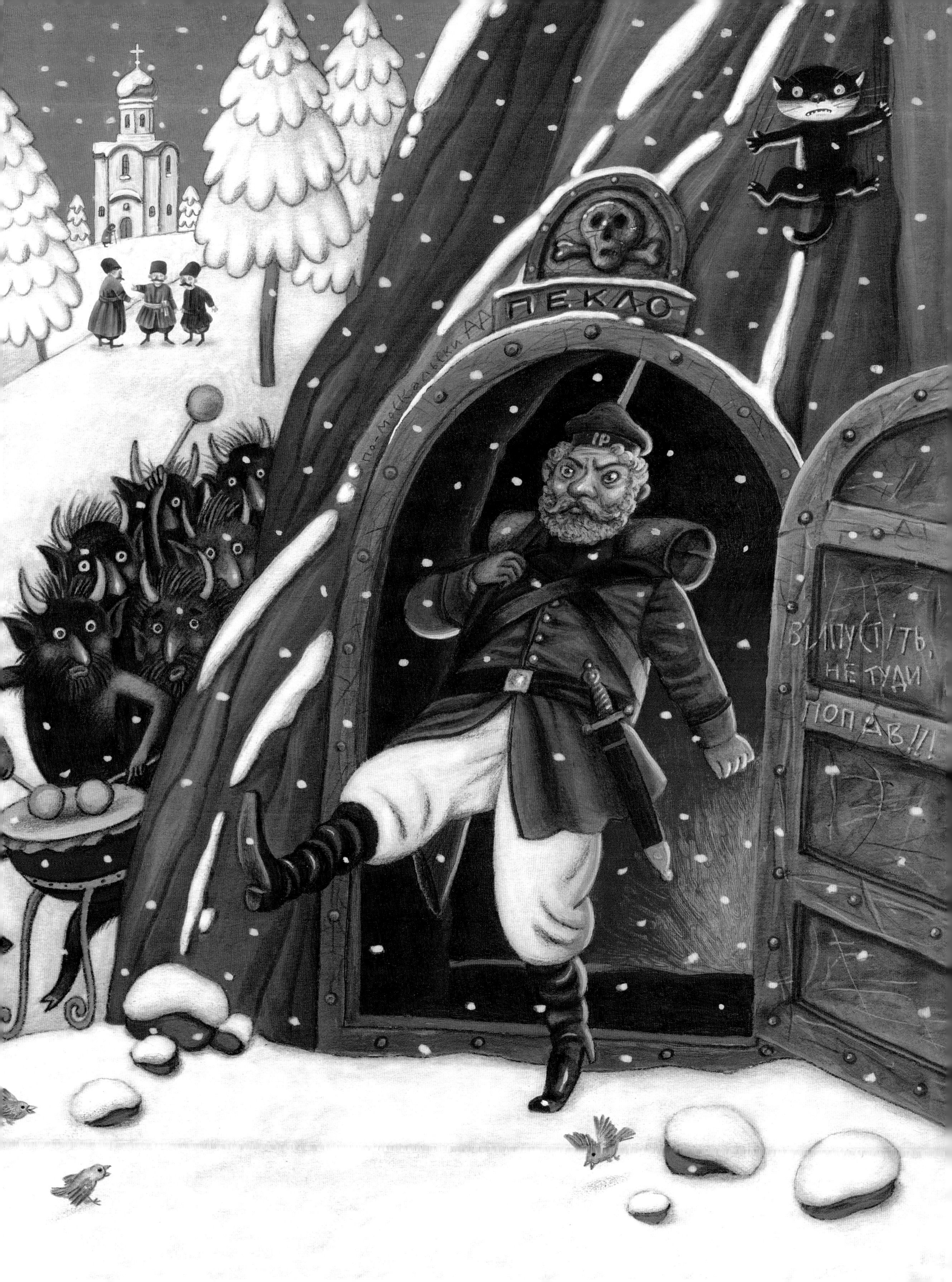
ПЕКЛО
ВИПУСТІТЬ,
НЕ ТУДИ
ПОПАВ!!!

Один хлопчик зостався сиротою, і сільський староста узяв його до себе служити. Доглядав Іванко (так звали того хлопчика) на толоці худобу.

А десь під той час один молодий граф, що жив неподалік, утрапив у біду: пішов купатись у глибоку воду, і раптом обвився йому довкола шиї страшний гад і заговорив людським голосом:

— Ти будеш моїм конем і мусиш мене носити!

Граф страшенно налякався. Думає: «Що робити? Як збутися цього лиха?»

А гад і каже:

— Але не думай мене якось убити! Бо як хто спробує мене зачепити, — я тебе вжалю, і в ту ж хвилину прийде тобі кінець.

Зажурився граф. Пустився по світу, по всяких ворожілях, щоб зарадили його лихові, зняли гада з шиї. Ходив, блукав, але все намарно. Ніщо не помагало.

Одного дня нещасний граф ішов полем, де сільські хлопці худобу пасли. Між ними був і сирота Іванко. Хлопці гралися в урядників: Іванка обрали за старосту, а одинадцятьох інших — присяжниками. То староста з присяжниками якраз правили суд...

Граф зі страшним гадом на шиї пройшов собі попри них — навіть не глянув у їхній бік, такий був зажурений.

Побачив його Іванко й наказав своєму присяжникові:

— Ану побіжи за ним і приведи його сюди.

Хлопчик підбіг до графа та й каже:

— Шановний пане, пан староста вас кличе.

Граф дуже здивувався, але послухав хлопчика й вернувся. Іванко почав грізно:

— Що ви за чоловік? Чому пройшли біля сільського уряду й не вклонилися?

Граф зняв шапку і поклонився.

Тоді Іванко промовив до гада:

— А ти чого вчепився за цього пана і не злізаєш?

— Пан — мій кінь, — відповідає гад. — Він мусить мене носити.

— Ну, раз так, то вас треба розсудити, — каже Іванко. — Бачиш, тут стоять одинадцять присяжників, а мене, дванадцятого, обрали за старосту.

— Що ж, судіть, — каже гад.

— Добре, але сперш злізай з чоловіка, бо на коні нікого не судять...

Доки гад розкручувався з графової шиї і сповзав на землю, Іванко шепнув хлопцям:

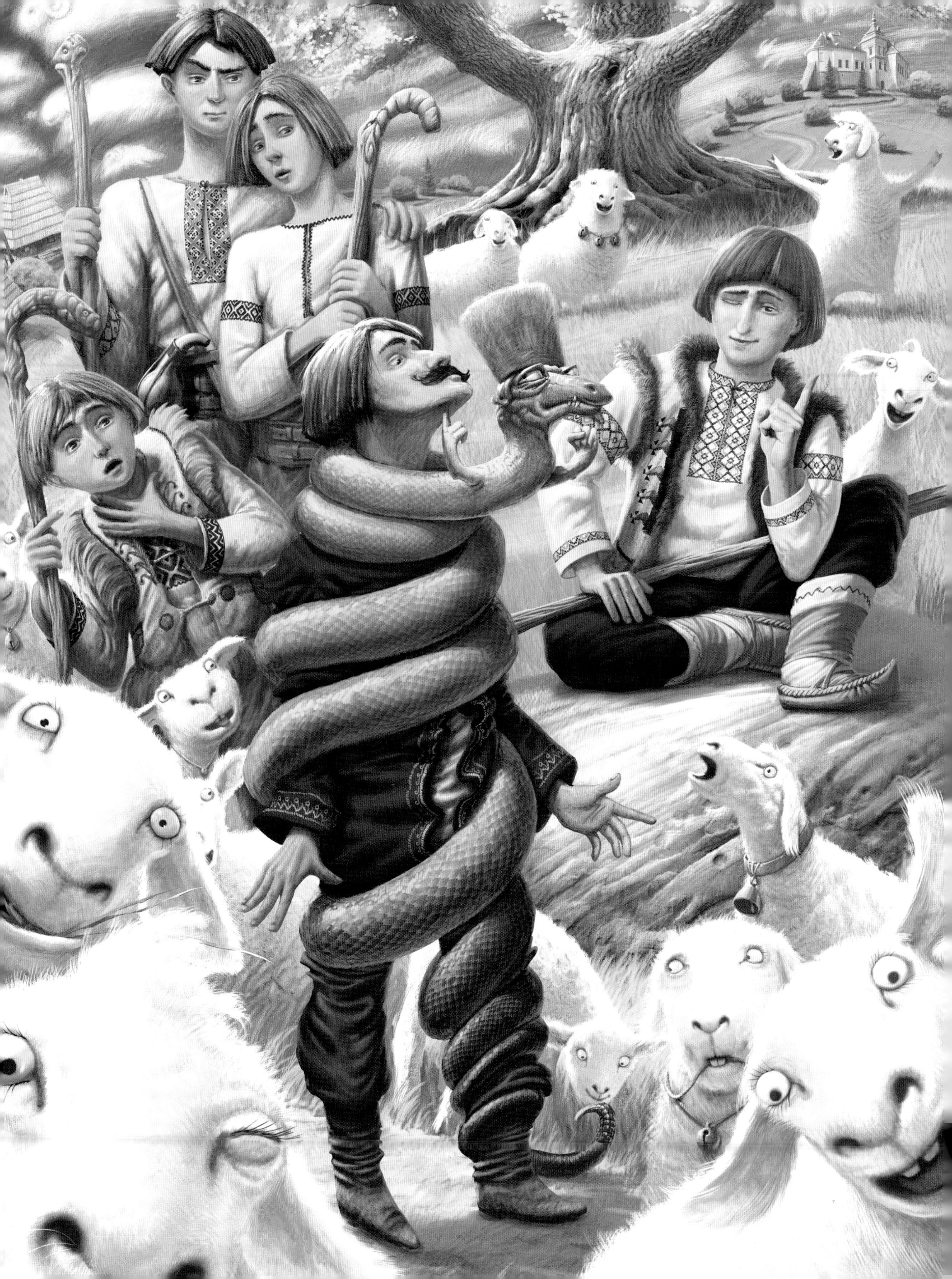

— Як свисну — гирлигами гада!

Хлопці зі своїми пастушими палицями поставали довкола, а Іванко почав суд:

— Скажи високому судові, пане гаде, — ти сам виліз на сього чоловіка, чи, може, тобі хтось звелів?

— Я сам, — прошипів гад. — Нема такого, щоб мені наказував!

— Ну, коли ти самочинно це зробив, то будеш покараний.

Іванко свиснув — і дванадцять палиць загупало по гадиськові. Той відразу скрутився і здох.

Граф ще ніколи не був такий щасливий! Красно подякував усім хлопцям, записав, як називаються, де живуть, та й каже:

— Годилося б вас обдарувати зразу, та з собою нічого не маю. Але я про вас не забуду!

Попрощався та й вернувся додому.

Дома запряг коней, насипав у віз грошей і повіз у те село. Питає людей:

— Де тут живе пан староста?

Йому кажуть: там і там. І показали двір, куди завертати.

Старости вдома не було, тільки його жінка. Вона попросила графа зачекати.

Невдовзі прийшов староста, але не геть той, що судив графа.

Граф вийняв свій записник і подивився запис.

— Так і так його звуть, — каже.

— Та ж це мій слуга! — здивувався староста.

— А де він?

— Там, де й має бути, — на толоці, з худобою. Зараз уже має прийти...

От невдовзі приходить Іванко.

Побачив його граф, кинувся до нього, обняв, обцілував:

— Оцей хлопчина мене врятував! — каже. — А де твої присяжники?

Закликали тих пастушків, і граф їм усім дав багато грошей, а найбільше — Іванкові. Але Йванко не схотів брати:

— Нащо мені гроші?

Граф чудується й питає:

— Хлопче, як же воно так? Що ти за один?

— Я — сирота, — каже Йванко. — Мої батько й мати повмирали, а я ось найнявся служити у пана старости.

— То ходи служити до мене! У мене за свого будеш!

— Піду, як дослужу в свого господаря, бо маю з ним угоду, — мовив Іванко.

От як вислужив він у старости три роки, дістав три срібняки, зібрався та й пішов до графа. Іде, йде, аж назустріч йому жебрак — голодний, обірваний, босий.

Вийняв Іванко одного срібняка та й дав жебракові.

Іде собі, йде, коли це ще один жебрак при дорозі. Дав і тому срібняка.

Пішов далі, коли це назустріч ще якийсь бідолаха.

«А що ж цьому бідоласі дати? — думає. — Лишився в мене один срібний. А, — думає, — віддам і цей!..» — І дав останнього гроша.

А то був не простий жебрак, а дід-чарівник.

— Куди йдеш, хлопчику? — питає він Іванка.

— Йду, дідику, служити до графа.

— То я тобі щось пораджу, — каже дід. — Як вислужиш у графа, то нічого за службу не проси, тільки той камінець, що лежить у грядці між квітами. У тому камінці знайдеш собі одежу, шаблю й рушницю. Як вбереш ту одежу — не зможе взяти тебе ні шабля, ні куля. А твоя шабля така: що загадаєш — то зрубає. І рушниця непроста: куди собі подумаєш — туди й поцілить.

Іванко подякував, уклонився жебракові та й пішов.

Прийшов до графа і зачав у нього служити. Як відслужив три роки, граф і питає:

— Ну, що хочеш, Іванку, за свою вірну службу?

— Нічого не хочу, лиш камінець, що лежить у грядці між квітів.

— Камінець я тобі й так дам...

— Ні, опріч камінця, більше нічого не хочу.

От знайшов він у квітах той камінець, розбив його і вийняв звідти вбрання, шаблю й рушницю.

Одягся, взяв на плече рушницю, а шаблю — в руку та й рушає в дорогу.

Граф його просить:

— Не йди нікуди, будь у мене, я дам тебе в науку, вивчу на пана...

— Дякую, — відказує Іванко. — Але я більше люблю бути коло худоби.

— То й будь коло неї — моя худоба пасеться в полонині. Та я не хотів тебе туди пускати, бо скільки слуг туди вже ходило, а ніхто не вернувся. Худоба лишається, а пастух пропадає.

— Не бійтесь, я не з таких, я не пропаду. Я піду в полонину, а коли вам щось спотребиться, то пришліть по мене...

Приходить Іванко на ту полонину — роздивився, облаштував собі колибу* та й живе. Минає день, другий, третій. Увечері хлопець загнав худобу до кошари, а сам зайшов до колиби, сів на лавицю й чекає. Настала північ. Рівно о дванадцятій годині двері відчинилися і на порозі став високий чорний чоловік.

Крикнув на хлопця:

— Хіба не чуєш, як худоба риче в кошарі? Біжи до корів, бо позаколюють одні одних рогами!

— Я звідси не вийду, — відповів Іванко.

— Рятуй худобу, бо як пропаде — тебе повісять!

*Коли́ба — тимчасове житло пастухів.

— Ану, тихо, чорте! Я ж бо сказав, що не вийду! Це ти так зробив, що худоба риче і колеться рогами.

Нечистий дуже розсердивсь і почав страхати хлопця. Страхав його, аж доки десь далеко запіяли півні.

Другої ночі чорт знов напустив на худобу страх, і вона дуже рика́ла. Але Іванко вже знав, хто то вчинив, і не вийшов. А опівночі нечистий увірвався в двері:

— Біжи в кошару, бо худоба гине!

— Іди пріч, нечистий! — відказав Іванко. — Я не боюся ні тебе, ані тих страхів, які ти насилаєш!

Чорт почав наближатися, щоб його схопити, але хлопець крикнув:

— Стій, не підходь, бо посічу тебе на капусту!..

Тут до хижі зачали лізти інші чорти. Налізло їх багацько і всі репетують, погрожують Іванкові. Та запіяли півні — і вся нечисть пропала.

Настала третя ніч. Худоба в кошарі рика́ла як скажена. Чорти знов увірвалися до Іванової хижі. Скрегочуть зубами й насуваються на хлопця — хочуть його розірвати. Витяг він шаблю, закрутив нею довкола — і відсахнулися чорти.

Але по півночі налізло їх ще більше, і всі рвуться до хлопця. Ревуть, кричать, виють — страшно й слухати! А Іванко тільки сміється та шабелькою довкола крутить і не підпускає нечистих до себе. Раптом бачить — аж один чорт… побілів. За хвилю-другу вже й решта чортів почали біліти. Вони біліли так швидко, що в колибі аж посвітліло. Минуло ще трохи часу — і всі чорти зробилися білі-білі, лиш зуби їм лишилися чорні. Запіяли півні — а чортам і зуби побіліли.

Високий чорт, найстарший поміж них, підбіг до Івана, обняв його, подякував та й каже:

— Ну, тепер полонина — твоя. Передаємо її тобі, раз ти такий мудрий.

І всі ті нечисті зробилися людьми — такими, як були колись, а Іванко став царем полонини і жив собі добре — дозирав графову худобу й ґаздував.

А граф тим часом думав, що хлопець пропав, і послав одного слугу подивитися, що там і як. Слуга пішов, побачив, що Іван живий-здоровий, та й побіг до графа. Той дуже втішився і запросив Івана до себе в гостину.

По дорозі до графа хлопець зустрів удову, що несла у жменях трохи муки.

Раптом подув сильний вітер і розвіяв ту муку. Бідна вдовиця заплакала:

— Чим я тепер нагодую голодних дітей? Зажéбрала собі трохи муки — та й ту вітер розвіяв.

Іванкові стало жаль бідної вдови і він написав вітрові листа. Лівою рукою вписав золоті літери й пустив на вітер. Написав, щоб вітер з'явився завтра на суд. Будуть його судити за те, що розвіяв у бідної вдови зажéбрану муку.

Приходить Іванко до графа й оповідає йому за цю пригоду.

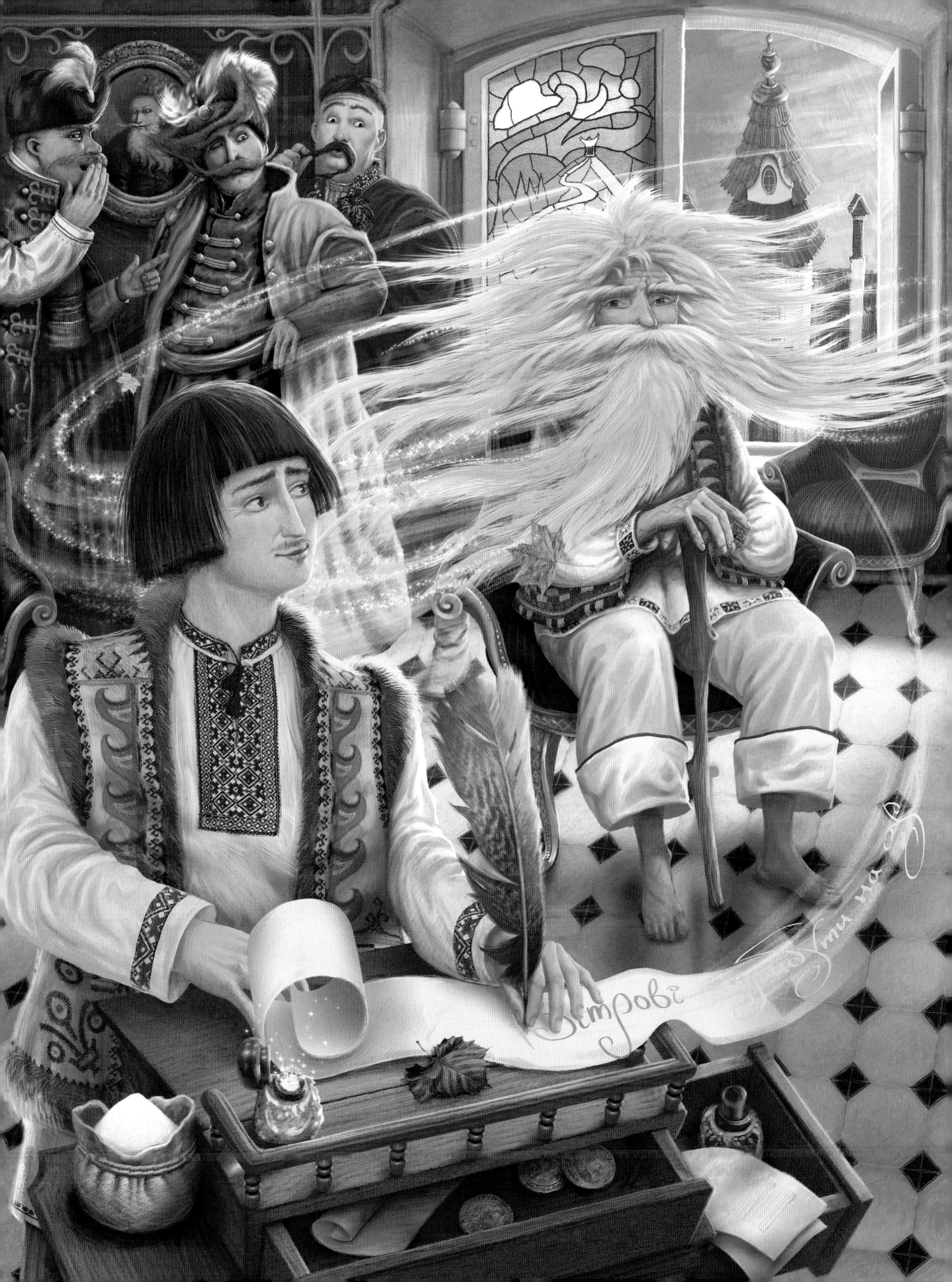
Вітрові

Ґраф, не довго думаючи, наказав суддям прийти завтра до суду з самого рання.

На ранок зійшлися судді, перешіптуються й сміються:

— Смішний буде нині суд! Будемо судити вітра... Ха-ха-ха!..

Минула година, друга, а вітра нема. Судді вже на повен голос регочуть з Іванка, що сидів собі на передньому місці. Показують пальцем і на вдову, котру хлопець запросив на суд.

Коли це рівно о дев'ятій годині раптово відчинилося вікно — залетів вітер, сів на крісло і зробився стареньким чоловіком з довгою золотою бородою.

— Ну, чого ти мене кликав? — запитав Іванка.

— Покликав я тебе на суд, бо ти розвіяв у цієї вдовиці жменю муки, яку вона зажебрала дітям...

— Я мусив розвіяти, бо туди вела мене дорога, — відказав вітер.

— Ну, коли вела тебе туди дорога, то заплати жінці три срібні за муку і ще три — нам за суд. Аби-сь знав надалі, як віяти.

Старий витяг з кишені три срібняки й віддав їх бабі, а ще три срібні поклав на стіл — і вилетів через вікно.

Судді перезирнулися і здвигнули плечима:

«Що це за хлопець? Якийсь простий пастух, а наказує вітрові!..»

А Іванко накинув на плечі петичину* та й далі подався до худоби.

*верхній сукняний одяг гуцулів

Та слава про нього як найсправедливішого і наймудрішого суддю розлетілася по всіх-усюдах.

Якось цісар і той граф, що в нього Іванко служив, сиділи за столом, гостилися собі й балакали про се, про те.

Цісар хвалився своєю дочкою:

— Моя донька така хитромудра, що нема на світі чоловіка, якого б вона не могла піддурити.

— Але мого вівчаря не здурить, — каже на те граф. — Він такий правдивий, що радше вмре, аніж скаже неправду.

— То закладімось: моя донька так його обкрутить, що він тобі правди не скаже. Коли я програю — віддам тобі половину свого царства, а як ти — віддаси мені півмаєтку.

Ударили по руках.

На другий день цісарівна переодяглась у лісникову одіж та й подалася на полонину до Івана.

Прийшла й питає:

— Можна в тебе переночувати, легіню?

— Чому ні? Ночуй, — сказав Іванко.

Цісарівна скинула одяг і лягла на ложе із сіна.

Тільки тепер Іванко зрозумів, що то не лісник, а прекрасна панна. Він перегородив ковдрою вівчарську колибу* на дві половини, щоб дівчина не ганьбилася.

*колиба — тимчасове житло

Але цісарівна серед ночі просунула свою ніжку на його половину ложа, а далі потяглася до Іванка і солодко його поцілувала...

На ранок дівчина вдала, що смертельно захворіла.

Каже:

— Якби ти зварив мені печінку золоторогого бика, що водить графське стадо в полонині, то, може, я ще й виживу.

— Добре, добре, красна панно, — каже Іванко. — Зроблю все, як хочеш, — тільки б тобі помогло!

І хоч як прикро було йому страчувати того бика — окрасу графського стада, але що вдієш — тут красна панна може вмерти.

Зловив він золоторогого бика, зварив його печінку і приносить цісарівні.

Дівчина встала, з'їла кілька шматочків та й каже:

— О, мені вже краще. Ох, коли б ти приніс ще й роги золоті, то я й зовсім одужала б.

— Нащо тобі ті золоті роги?

— Вони дуже красні. Я буду на них дивитись.

Приніс Іванко золоті роги і дав дівчині.

Вона їх узяла й тихенько втекла.

А тим часом цісар із графом скли́кали багато панства, щоб усі були свідками, хто з них стане переможцем.

Як цісарівна принесла золоті роги, цісар з радощів аж руками сплеснув:

— Ну, пане графе, а тепер побачимо усю правдивість твого вівчаря!

Задумався граф. Гадав, що Йванко побоїться сказати всю правду, — не зізнається, що дівчина його обкрутила і що то він задля неї не пошкодував зарізати золоторогого бика — окрасу графського стада.

А в той самий час на полонині бідолашний Іванко опустив голову й тяжко зажурився.

«Що буде? — міркував він собі. — Що скаже граф, коли побачить золоті роги у якогось дівчати? Що я йому відповім?»

Не довго думаючи, устромив він свою пастушу палицю в землю, повісив на неї свою петичи́ну, надів капелюха і вчинив другого себе.

Далі поклонився та й став з ним до бесіди:

— Дай Боже, Іване!

— Дай Боже, пане!

Ну, що нового, Іване?

— Ой, недобре, пане, бо вбив ведмідь вашого золоторогого бика.

— Недобре, Іване. А де ж його печінка?

«Ні, — думає хлопець. — Граф мене зразу спіймає на брехні. Треба інакше мудрувати».

І знову поклонився:

— Дай Боже, Іване!

— Дай Боже, пане!

— Що нового, Іване?

— Ой, недобре, пане! Золоторогий бик зісковзнувся, упав у вогонь і згорів.

— Недобре, Іване. А де його золоті роги?

Покрутив хлопець головою: «І так не збрешеш... Треба казати правду».

І третій раз поклонився своїй подобі:

— Дай Боже, Іване!

— Дай Боже, пане!

— Ну, що нового, Іване?

— Ой, недобре, пане, бо прийшла омана, підманула Йвана — він золоті роги дав, бо солодку нічку мав.

З цими словами Іванко надів шапку, накинув на плечі петичину та й подався до графа.

Цісар, князі, графи і всяке вельможне панство вже чекали на нього.

Поклонився він їм усім і підходить до свого пана:

— Дай Боже, пане!

— Дай Боже, Іване! Ну, що нового, Іване?

— Ой, недобре, пане, бо прийшла омана, підманула Йвана — він золоті роги дав, бо солодку нічку мав.

Граф на радощах обняв його і вигукнув:

— Не біда, Іванку! Дуже добре, синку! Своєю правдивістю ти виграв пів-царства! — І розповів хлопцеві, як заклався з цісарем.

Отак Іван, що завжди казав правду і був наймудріший і найсправедливіший суддя, посів цісарський трон.

Цісар аж скуб на собі волосся й мало не збожеволів, що мусив передати державу слузі та ще й видати за нього свою улюблену доньку.

А цісарівна радо пішла за Іванка, бо дуже вподобала його ще там, у полонині.

Відгуляли вони весілля, і гарно жили-поживали і добре цісарювали. Може, й донині цісарюють, як не повмирали.

А хто не вірить — най перевірить!

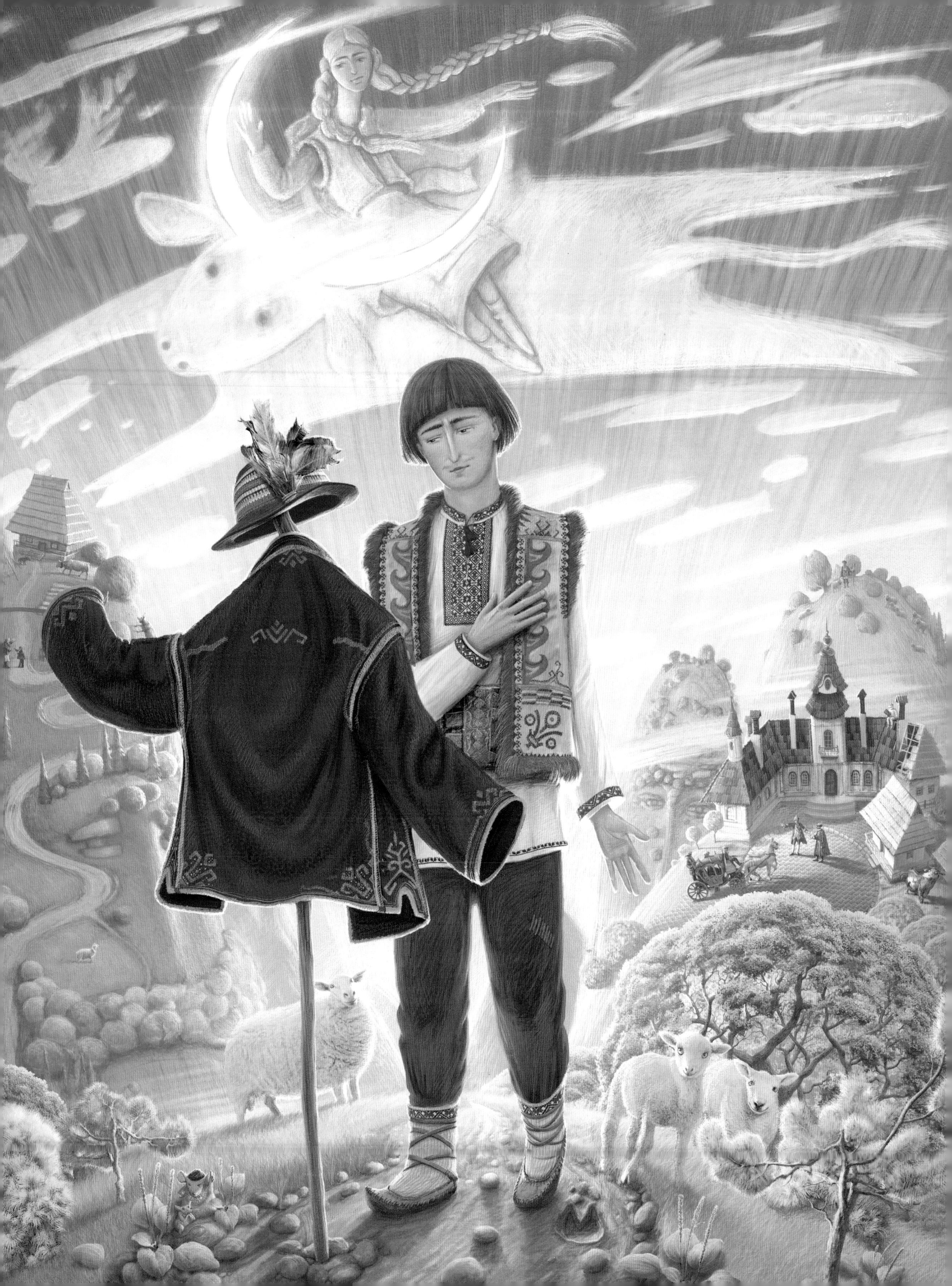

ЯК ПАСТУХ НАГОВОРИВ ПОВНИЙ МІШОК

*ґосподар

*хосе́н —
користь

Був собі один ґазда́* і мав сина-одинака. Як сповнилося йому шістнадцять, хлопець зробився ледачий і геть не хотів слухати вітця-матері. Побачили вони, що з нього не буде хісна́*, і нагнали його з дому пріч — може, думають, хоч чужі люди навчать його розуму.

Узяв хлопець торбу шкіряну, у торбу пищалку, зібрався та й пішов.

Ішов багато днів і зайшов далеко в чужину. Та й приходить увечері перед графський двір. Граф стояв на брамі, побачив його й питає:

— Куди йдеш, хлопче?

— Іду служби питати!

— Може, наймешся в мене?

— Та наймуся!

Завів його пан до двору, звелів дати їсти. А як той попоїв, закликав його пан до покою та й каже:

— Що ти вмієш робити?

А хлопець дивиться, що там сидить така ладна графська донька, та й каже:

— Яка тільки на світі є робота — усе зроблю, але пан граф заплатить мені тим, чим я схочу!

Пан задумався та й каже:

— Ну, роботу для тебе я знайду, але якої ти заплати хочеш?

— Хочу, щоб ви віддали за мене свою доньку!

Граф на те аж скривився, але мовив:

— Добре, я віддам її за тебе і дам тобі все своє добро, але мусиш мені всю службу зробити за три дні. А як не зробиш, то будеш скараний на смерть!

— Згода, — сказав хлопець і лишився у графа.

На другий день пан рано встав, збудив слугу і веде до стайні... Показав йому сто зайців та й каже:

— Поженеш цих сто зайців на те і те пасовище. Попасеш їх там до вечора, а ввечері приженеш додому. Але як буде бракувати хоч одного зайця, то будеш страчений!

Отворив пан стайню, і всі зайці так і шугнули вулицею (там була вулиця, вигороджена від стайні аж до пасовиська), а на пасовиську розбіглися на всі боки: одні — в поле, другі — в ліс, і не видно було, куди вони й поділися.

Вийшов хлопець на пасовище — нема ані зайця. Сів на купину, думає: «Що тут робити?». З журби вийняв з торби пищалку й заграв. Дивиться, а всі зайці, як один, збіглися навкруг нього, мовби та пищалка мала якусь ворожбу.

Пасуться зайці, а він собі сидить та й грає.

А пан вдома каже до доньки:

— Піди, доню, на пасовище і так здалеку подивися, що той хлопець робить з зайцями?

Донька пішла, подивилася, прийшла додому та й каже:

— Там усі зайці коло нього пасуться.

Задумався пан: чує, що може бути біда. Що б його такого придумати?

Знов кличе свою доньку та й каже:

— На тобі гроші, іди до того пастуха — може, купиш у нього одного зайця. А ввечері полічимо, і як одного бракуватиме, от і стратимо хлопчину!

Зодяглася вона по-жебрацьки, щоб пастух її не впізнав, узяла гроші та й пішла купувати зайця. Приходить до хлопця, поздоровкалася та й просить, аби продав їй одного зайця. А він упізнав панну та й каже:

— Дуже мені прикро, але я не маю права їх продавати. Та коли ти вже так просиш, то покажи гроші — може, ти їх і не маєш?

Показала дівчина гроші, а хлопець каже:

— Добре, давай гроші, а ще лягай коло мене і красно мене поцілуй, то будеш мати зайця.

Дала вона пастухові гроші і вчинила його волю, а він дав їй зайця.

Прийшла вона з тим зайцем на подвір'я, а хлопець на полі у пищалку заграв — заєць вирвався їй з рук і знову прибіг до нього.

Надвечір приганяє він зайці додому. Граф вийшов, отворив стайню, перерахував зайці — є всі сто, до одного! Ну, граф дуже засмутився, а хлопець пішов до двору, повечеряв і ліг спати. Зранку встав і погнав зайці на пасовище.

А граф прикликав свою ладну графиню та й каже:

— Ну, вчора донька ходила за зайцем — купила, та не дотримала, то нині вже ти підеш зайця купувати!

Графиня перебралася в жебрацьке плаття, узяла сто золотих та й пішла.

А хлопець упізнав її і не продає. Аж мусила й пані все так само зробити, як учора донька. Тоді пастух зловив зайця, дав графині, і вона пішла додому.

Вже й двері отворила до покою, але пастух заграв у свою пищалку, заєць вирвався від графині і прибіг до нього.

Приганяє хлопець увечері зайців, пан перерахував — є всі. Ну, чистий клопіт!

На третій день хлопець поснідав і знов погнав зайців на пасовище.

Ну, нічого робити — тепер уже збирається купувати зайця сам граф.

От убрався він по-жебрацьки, узяв з собою дві тисячі золотих та й пішов на поле до пастуха. Прийшов і просить продати йому одного зайця.

А хлопець каже:

— Я не можу продати, бо мені зараз-таки була б смерть!

Пан простягає йому дві тисячі золотих за зайця — не хоче хлопець!

Аж дивляться — гостинцем шмаровоз мастику везе. Їде такою сухореброю кобилою — мухи її об'їли, аж кров тече. Хлопець каже панові:

— Ходім до того шмаровоза, нехай порадить: продати зайця чи ні?

Приходять, спинили того шмаровоза. Хлопець знов питає графа:

— Ну, дасте дві тисячі за зайця?

— Дам!

— А поцілуєте кобилу у закаляне гузно?

Граф скривився, почухав потилицю — але що тут поробиш? — та й каже:

— Поцілую!

— Я не позволю задармо кобилу мою цілувати! — крикнув шмаровоз.

Хлопець узяв дві тисячі від пана: одну тисячу поклав собі, а другу — простяг шмаровозові. Ну, тоді той пан поцілував кобилу.

Пастух зловив зайця і дав панові. Аж заусміхався пан, та так уже міцно зайця тримає! Лиш прийшов з ним на подвір'я, а пастух заграв на пищалку — заєць стрипі́цкався*, вирвався та й прибіг на поле.

*тут — *сильно засмикався*

Увечері приганяє хлопець зайців з пасовиська, пан перерахував — є всі сто. Роззлостився і дав хлопця до криміналу.

От з'їхалося на той суд багато всякого панства. Розказав граф цілий свій інтерес перед тим панством. Стали вони радитися між собою, і не можуть дійти згоди.

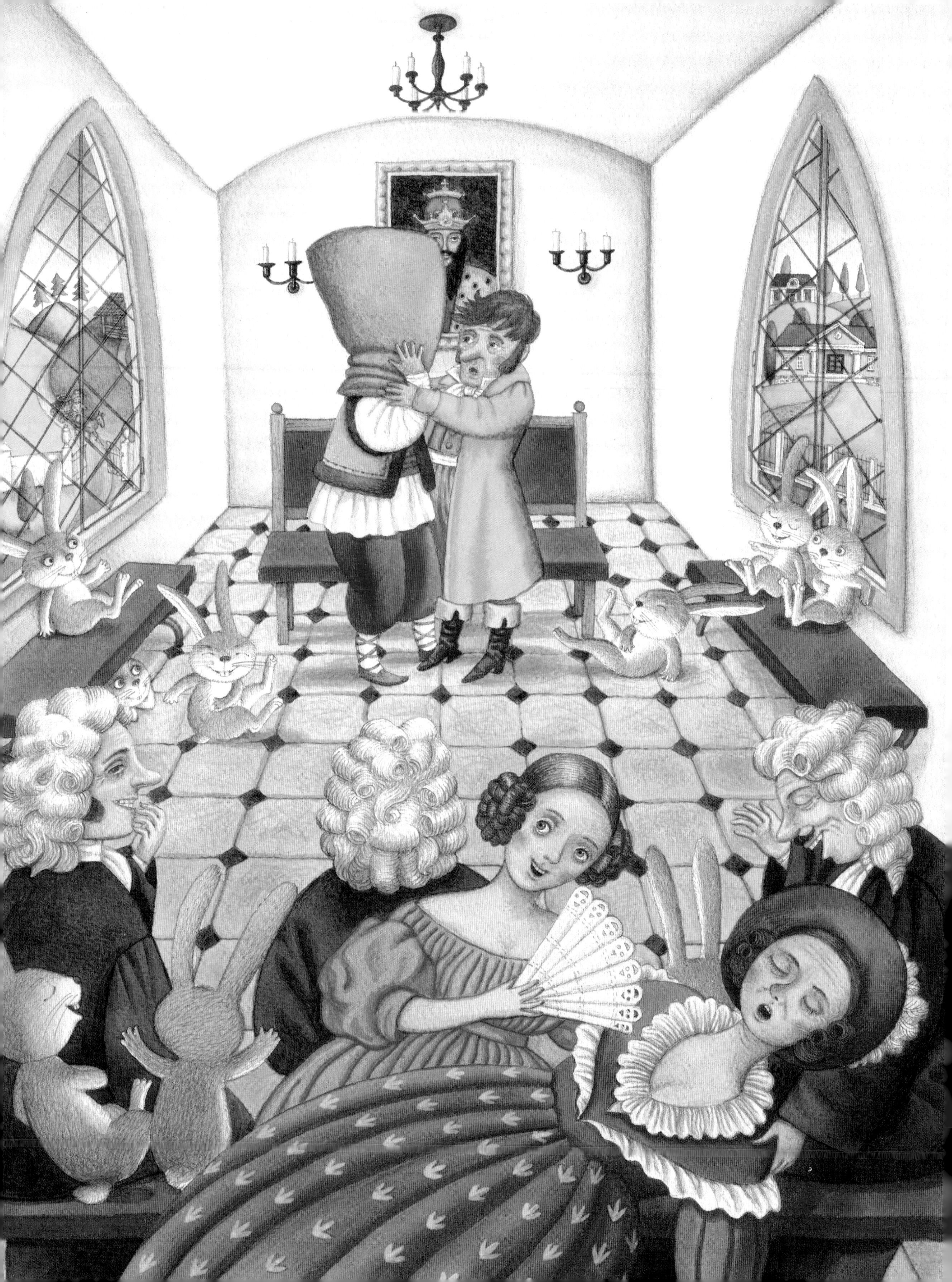

А один старенький суддя й каже:

— Коли ви собі таку угоду склали, то маєте тепер дати пастухові те, що обіцяли. Але я йому ще одне загадаю: як він те зробить — то виграє суд!

Кажуть привести хлопця з криміналу межи панство. Привели.

Питає той старенький суддя:

— Чи ти, хлопчино, виграв заклад від пана?

— Виграв!

— Ну, — каже, — ще не виграв, бо пан не мав з ким порадитись. Я загадаю тобі ще одне: візьмеш міх на сто корців* пшениці, і коли за чверть години наговориш повний той міх і зав'яжеш — оженишся з графською донькою і посядеш усе графське добро.

*коре́ць — дерев'яна діжечка на 25 кг зерна

Тим часом швиденько пошили міх на сто корців і внесли до зали.

Хлопець запхав голову в міх, а панові каже тримати міх коло його шиї, щоб слова назад не вилітали. І зачинає говорити. Каже:

— Прошу ясновельможне панство послухати, як мій вік іде! — Та й почав оповідати, як він жив у своїх батьків, як пішов у світ, як найнявся у графа на роботу, як пас зайців на полі, як прийшла до нього панна і в який спосіб він продав їй зайця.

От докінчив оповідати за панну та й питає:

— Чи повний уже міх?

— Ні, — відказують йому судді, — ще нічого не видно.

Починає він казати далі: як прийшла до нього на поле графиня, як просила продати зайця, і все, що було потому. Та й знову питає:

— Чи повний уже міх?

— Ні, ще нема нічого!

Оповідає хлопець далі: як прийшов сам граф купувати зайця і як дав йому дві тисячі, як шмаровоз віз мастику сухоребою кобилою і як граф...

Але не встиг ще хлопець доказати до кінця, як граф вихопив міх і закричав:

— Досить! Годі! Міх уже повний!

Тоді все панство зачало кричати:

— Браво, хлопчино, ти виграв!

Мусив пан віддати хлопцеві усе своє добро і доньку за дружину. А донька не дуже й кривилася, бо ще там, на полі, вподобала собі веселого хлопця.

Відгуляли вони весілля і жили довго-предовго. А як старий граф, бувало, зачинав буркотіти на свого зятя, хлопець казав:

— Краще мовчіть собі, пане графе, бо поженете завтра зайці пасти. Усі сто!

То була для графа найбільша образа, і він одразу вмовкав. Певно, вмовкаю і я, бо ще й мене поженуть зайців пасти!

ЦІСАР І ЗЛОДІЙ

Жив цісар, і снилося раз йому, щоб ішов красти. Бо як не піде красти — наглою смертю погине.

Встає він зранку, позирає у книгу снів, але нічого такого там не знаходить.

Минув день, прийшов вечір, і знов ніби хтось шепче йому на вухо: «Іди красти, бо наглою смертю погинеш».

Дивиться цісар, уже вечір, дев'ята година — пішов спати. Заснув, і тут йому у сні знов хтось шепче: «Іди красти, бо наглою смертю погинеш».

Устав він, обдивляється — ніде нікого. «Що воно таке?» — думає цісар.

Думав, думав, а далі перебрався серед ночі на простого чоловіка та й іде красти. Вийшов на вулицю — усі пости сплять, пси сплять. Іде та й думає: як і що таке вкрасти, щоб не погинути? Дивиться — назустріч якийсь чоловік.

— Що ти за один? — питає цісар.

— Я злодій, — каже той.

— О, і я злодій, — каже цісар. — Даймо собі руки.

Потисли собі руки, і питає злодій цісаря:

— Куди б то нам піти красти сеї ночі?

А цісар:

— Ходім, — каже, — до нашого цісаря. Я там знаю всі ходи. Там щось украдемо.

А злодій відхилив руку — і трась його в писок!

— Ти знаєш, — каже, — який наш цісар добрий, а ти йшов би до нього красти? А знаєш, які там пси? Вони тебе там з'їдять! А знаєш, яка там варта? Там би тебе вбили! Краще підемо красти до першого міністра, то добрий шахрай.

— Як іти, то йти, — каже цісар.

Зібралися вони та й пішли до міністра. Приходять, а там вікна дуже високо. Цісар пригнувся, злодій виліз йому на плечі й зазирає у вікно.

А там по кімнаті ходить міністр і промовляє до своєї дружини:

— Завтра зваримо сильну отруту і закличемо в гості цісаря. Цісар вип'є і вмре. Так я стану цісарем, а ти — цісарицею.

Злодій зліз із цісаря, вийшли вони на вулицю.

*кампра́т — товариш

— Як би ти знав, кампра́те*, — каже злодій, — що́ вони там за нашого цісаря говорили! Казали, що зварять сильну потраву, закличуть його в гості, і цісар від тої потрави умре. Тоді міністр стане цісарем, а його жона — цісарицею. От би сказати цісареві — великі гроші будуть за це діло.

— Знаєш, кампра́те, — каже цісар, — добре буде, як ми завтра зрання на свіжу голову усе це обміркуємо. Але ж як ми впізнаємо один одного, бо тепер темно?

— А ти свою шапку впізнаєш? — питає злодій.

— Так, — каже цісар.

— То поміняймося шапками, а завтра підемо в шапках до церкви. І я коло церкви впізнаю на тобі свою шапку, а ти на мені — свою.

От і добре. Цісар устав раненько. Але не сам устав, бо він заспав, як камінь у мурі. Придворна челядь його збудила. Цісар швиденько зібрався та й подався до церкви у чужій шапці. Але челядь не сміє спитати: «Чому ви, світлий цісарю, у чужій шапці?»

Увійшли до церкви, правиться служба. А злодій у цісаревій шапці попід церквою ходить і слухає відправу. Проспівали «Святий Боже» — знає, «Іже херувими» — знає, «Вірую» — знає. Слухає, вже й «Отче наш» проказують — скоро будуть з церкви виходити. Люди виходять, а злодій до дверей — дивиться по людях, бо хоче впізнати свою шапку.

Виходить цісар, надяг злодієву шапку. Дивиться — о, і його шапка прийшла. Наказує цісар вартовим:

— Пильнуйте, аби той у шапці нікуди не втік. Приведете його до мене в палац.

Стали вартові коло злодія. А він глип — і-я-я! — його шапка на цісареві!

«Ов! То я з цісарем ходив красти?! Це не може бути!..» — Злодій уже готовий був тікати, а вартові не пускають:

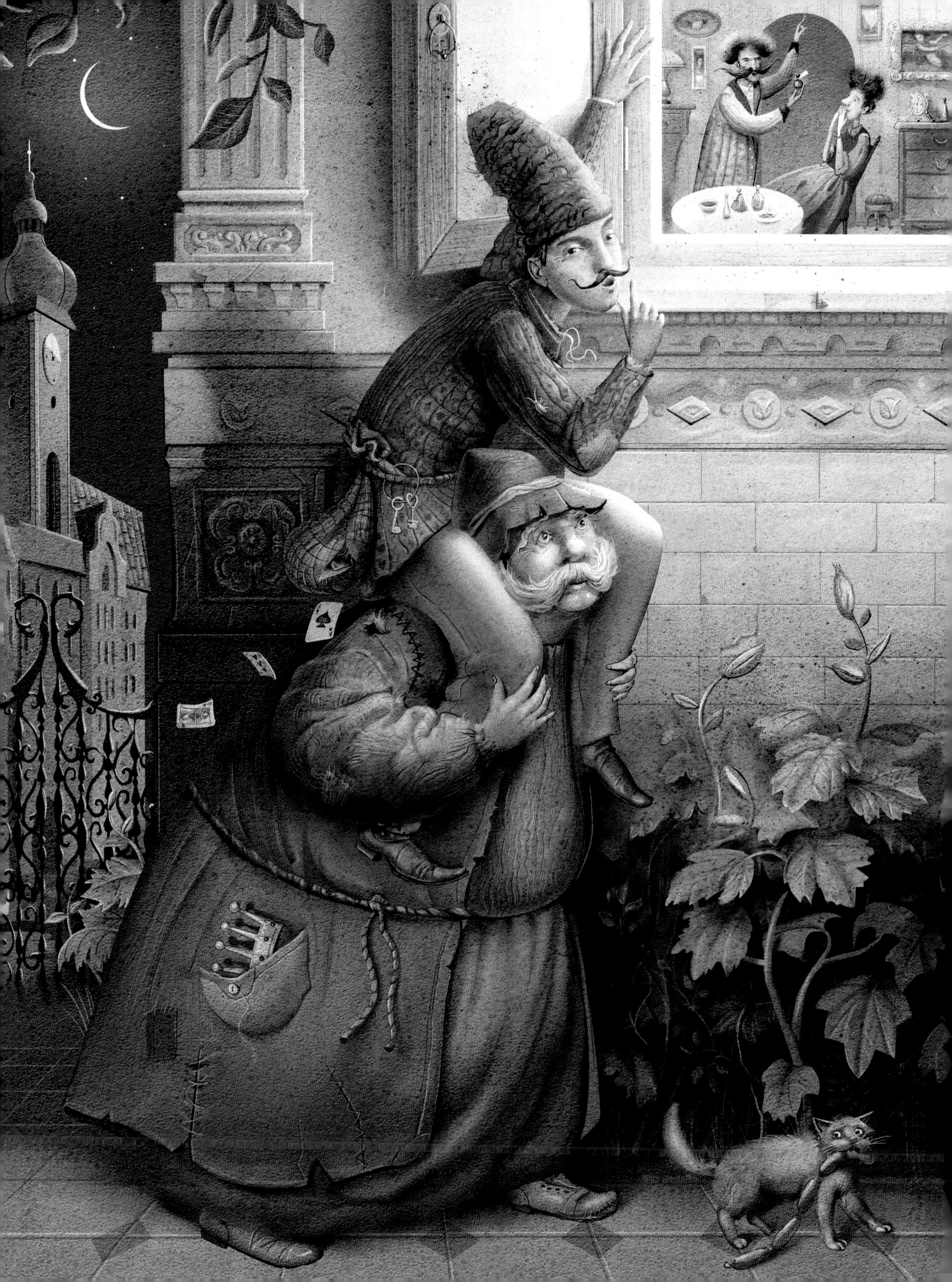

— Чекай, чекай, ще не було благословіння! — кажуть.

Сів цісар у бричку та й поїхав до палацу.

Приводять вартові злодія. Цісар дав знак усім їм вийти і каже:

— Дорогий камрате, ходи ближче, не бійся.

А злодій закляк і не може ступити й півкроку...

— Пресвітлий цісарю...

— Не бійся, камрате, — каже цісар. — Ми вчора дали собі слово. Пам'ятай: ти тепер мій товариш. — І звідується далі:

— Слухай, камрате, а чи то правда, що ми сеї ночі чули?

— Свята правда! — каже злодій. — Я те все, що перший міністр говорив, чув на свої вуха.

— Добре, добре, — каже цісар і оповідає злодієві, як йому три рази снилося й причувалося, що він, цісар, мусить піти красти.

А далі наказує своїм слугам перебрати злодія на доктора. Перебрали його.

Аж тут і перший міністр заходить і запрошує цісаря до себе в гостину.

— Добре, — каже цісар, — ми з доктором прийдемо... Будьте собі знайомі, це — доктор, мій товариш, — показує він на злодія.

Як міністр пішов, злодій і каже:

— Світлий цісарю, як він піднесе вам келих з питтям, скажіть йому так: «Кожна курка на своїм смітті — панія. А ти хіба не пан у своїм домі? Пий спершу сам».

Прийшли вони до міністра. Посадили їх за стіл і поставили перед цісарем золотий келих!

— Пийте, пресвітлий цісарю, пийте! — припрошує міністр.

А цісар з усміхом і каже:

— Кожна курка на своїм смітті — панія. А ти хіба не пан у своєму домі? Випий спершу сам — привітай мого товариша, доктора.

Міністр келиха взяв, а пити не хоче.

А злодій каже:

— Пий, бо мусиш!

Той підняв келих.

— Пий! — каже цісар.

— Пий! — каже злодій.

Міністр випив, приперся до стіни і вмер.

А свого камрата, злодія, що був йому вірний і врятував йому життя, узяв собі цісар за першого міністра. І кажуть, що такого доброго міністра, як він, не було більше ніколи.

От вам і казка, як зійшла на простого злодія цісарська ласка.

СКІЛЬКИ В НЕБІ ЗІРОК?

В одного попа були великі маєтки. «Ніхто краще від мене не живе, — хвалився піп, — бо я маю багато статків і нічим не журюся».

Дочувся про таке цар і непомалу розсердився: бо як таке може бути, що в нього повно всякої жури, а в попа — ніякої. Написав листа попові цар і дав йому відгадати за три дні дві загадки: щоб піп полічив, скільки в небі зірок, і щоб сказав цареві, де середина світу. А як піп не відповість, то буде коротший на голову.

Прочитав піп листа і вельми зажурився.

Почув про це один циган, прийшов до попа та й каже:

— Як дасте мені, отче, корову, то я піду замість вас до царя. І нехай уже цар зітне голову мені, коли я ті загадки не відгадаю.

— Та я дам тобі за таке й три корови! — втішився піп.

Циган умився, підголився, накинув попову рясу, сів на коня і гайда до царя. Зголосився там, що він такий і такий піп, от цар і питає:

— Ну, ти полічив, скільки в небі зірок?

— Полічив, — каже циган.

— То скільки ж їх там у небі? — питає цар.

— Не повірите, дорогий царю, але їх там точно стільки, як на цьому коневі волосин! Одна в одну! — сказав циган. — Можете й самі перелічити!

Почухався цар, бо не знав, що на таке й казати.

— Ну... а де середина світу?

Циган крутнувся на одному місці, стукнув батіжком у землю та й каже:

— Отут, славний царю! Тут середина! Можете й самі прелюбо це переміряти!

Цар на таке аж крекнув і відпустив цигана додому... Піп не знав уже, як цига-нові й дякувати! Дав йому три корови та ще й грубі гроші. За відгадки хороші.

КАЗКА ПРО ЗНАХАРЯ ТА БІЛУ ЗМІЮ

Колись у горах жив собі один бідний хлопчик. Батьки його повмирали. Залишився він сам на світі: що діяти? як жити? Голод і холод відігнали його від хати.

Ходив він світом, ходив, і заходить раз до одного аптекаря в якомусь містечку, просить кавальчик хліба. Аптекар жив сам — не було в нього ні дітей, ні дружини, і відразу той хлопчик припав йому до душі. Дав він йому їсти, пити, розпитав хто він і звідки, а далі й каже:

— Знаєш, дитино, лишайся краще в мене. Будемо разом зілля збирати, ліки робити. І буде нам добре.

От хлопчик і лишився в того аптекаря.

Живуть вони собі, зілля збирають, готують ліки, уздоровлюють людей (колись не було так багато лікарів, як тепер, а були такі знахарі).

І раз вичитав той знахар у старих книжках, що якби зловити білу змію і взяти з неї отруту й зварити її, то той, хто перший скуштує зміїного м'яса і юшки, знатиме все: як говорять звірі й птахи, про що трави перешіптуються. Усе-усе чутиме.

Знахар аж сон утратив. Довго ходив-блукав лісами, хащами, полями, шукав ту білу змію, але хлопцеві про це нічого не казав. І десь, може, так через півроку таки натрапив він на білу змію. Вхопив її, зібрав з неї отруту, приніс змію додому, кинув у казанець і загадав хлопцеві зварити з неї юшку. Каже:

— Як звариш — не смій куштувати. Бо як скуштуєш, позбудешся язика.

Сказав так і вийшов з хати.

От варить хлопець ту юшку й міркує собі: «Та як же його варити й не скуштувати? Хто таке чув?» Узяв сьорбнув юшки, попробував розвареного м'ясця... І стало йому так добре, мовби цілий світ йому отворився: геть усе бачить, усе-все чує, все розуміє. Птахи летять — а він чує, про що вони говорять. Трави перешіптуються — а він розуміє їхню мову... Увійшов знахар:

— Ну, що — юшка готова? — питає.

— Готова, — каже хлопець.

Посьорбав знахар тої юшки, попоїв м'ясця.

Зачав і він дещо чути й розуміти, але геть не так добре, як хлопець.

От ходять вони разом, збирають зілля. Хлопець розуміє кожне зело. З часом почали сперечатися. Старий каже: «Це не добре», а хлопець: «Ні, це добре». Або каже знахар: «О, це треба брати!», а хлопець: «Ні, це негодяще».

Не втерпів якось знахар та й каже до хлопця:

— Ну, як ти такий мудрий, то будемо робити все нарізно: ти — собі, а я — собі.

Добре. Почали вони збирати й робити зілля окремо. І поволі, день по дневі, до хлопця приходило дедалі більше людей — його зілля було помічніше.

От знахар і здогадався, що хлопець, певно, таки скуштував тої зміїної юшки і того м'яса. І затаїв він люту образу на хлопця. Однієї ночі, коли хлопець твердо спав, знахар схопив його, відтяв йому язик і прогнав з дому.

Пішов бідний хлопець у широкий світ і так ходив-бродив аж до самої зими. А як випав сніг — нема йому, бідоласі, де й подітися.

От переходить він із села в село, і вийшов на узлісся. Притулився до грубої верби, коли чує: аж там, у вербі, змії говорять. Найстарша каже:

— Чи ви чули — той старий знахар, що вбив нашу королеву, відрізав язика своєму слузі і прогнав його з дому. Якби той хлопець, що розуміє кожну рослину й кожну тварину, забрався в дупло сеї верби і вліз поміж нас, ми б його гріли аж до весни. А він лизав би цей білий камінь, і язик йому відріс би.

Почув хлопець зміїну мову і лізе в дупло. Заліз межи білі змії, вони його обсотали, зігріли й показують лизати білий камінь. І так лизав він той камінь цілу зиму, аж доки наріс йому язик. Навесну змії розсоталися з нього, він виліз із дупла, подякував їм та й пішов далі. Уже з язиком, уже йому добре.

Іде, йде, коли дивиться — аж оре чоловік биками. Та так мордується! Сам оре, сам і в борозну завертає. Періщить биків батогом, а ті бики й говорять проміж себе:

— Чого він нас так б'є, кричить на нас? Ми й так ледве ходимо...

Бачить хлопець, що й бикам, і чоловікові тяжко, та й каже:

— Чоловіче, не бийте биків, я вам поможу це зорати!

До вечора зорали вони все те поле. Раді й бики, і ґазда́*.

— Ходім, — каже ґазда, — переночуєш у мене, бо куди вже підеш уночі?

*ґазда́ — господар.

Прийшли вони, ґаздиня злагодила вечерю. Повечеряли, розговорилися. От той ґазда́ і найняв хлопця собі в помічники. Невдовзі все поорали, завеснували.

А в тих ґаздів була донька. От у неділю жінка й каже до чоловіка:

— Якби нам, чоловіче, якийсь хлопець трапився, ми б її вже й віддавали.

— А хто ж нам може бути кращий, як наш слуга, — каже чоловік. — Він до всього удатний.

Сказали хлопцеві, а він і радий! Сказали дівчині, а вона ще радіша!

На другий день пішли молоді до церкви, повінчалися та й живуть собі.

Настало літо. Дивляться вони, аж на їхню пшеницю такого вороння понасідало, що страх! Старий ґазда хапнув рушницю — хотів їх стріляти, бо ж поїдять увесь хліб! А хлопець підбіг до старого, відібрав рушницю та й каже:

— Не треба їх стріляти, най сидять. У нас буде найкращий врожай!

Здивувався батько, але хлопця послухав. Приходить осінь, коли ж і справді — у людей пшениця як пшениця, а в них — густа й колосиста, як золото!

А навесні молодий ґазда лаштується в полонину. Осідлав коня й хоче їхати.

— Бери й мене з собою, — просить молода дружина.

— Добре, — каже він. Висадив її на коня та й поїхали.

Їдуть вони, їдуть, коли це з гори супроти них їде конем чоловік з трьома великими бербени́цями* бринзи. Порівнялися вони. От кінь того чоловіка, що везе бербени́ці, заіржав, а кобила молодого ґазди́ теж обізвалася до нього.

Хлопець зрозумів, про що вони говорять, та так весело засміявся!..

Розминулися й поїхали далі. Виходять на свою полонину, а там коло смереки прив'язаний старий пес. Пес скавулить, плаче і скаржиться:

— Коли я був молодий і врятував старому ґазді дитину від вовка, то ґазда́ був до мене добрий. А тепер, на старість, прив'язав мене тут, щоб я здихав.

Бере молодий ґазда́, відв'язує того пса та й каже вівчарям:

— Цього пса треба годувати маслом, хлібом і тим усім, що їсте й ви самі.

На другий день бачить він, а молоді пси роздирають здохле теля. Та так скачуть, гавкають — проклинають молодого ґазду:

— А щоб йому всі корови виздихали! Отоді ми вже добре собі погуляємо!..

А хлопець почув, ухопив рушницю — бах, бах, бах! — і постріляв тих псів.

Вівчарі кричать:

— Що ти, ґа́здо, нам зробив! Молодих псів повбивав, а старого залишив!

— Мовчіть, так треба, — каже.

На другий день зібрався та й вернувся з жінкою додому. Сіли в хаті їсти. Їдять, коли це зозуля до вікна надлетіла. Сіла на причілку та так викукує, так викукує!.. А хлопець вхопив рушницю, стрілив — і вбив ту зозулю.

— Що ж ти наробив, синку? — мало не плаче старий. — Нащо зозулю вбив?!

*бербени́ця — дерев'яна, з накривкою, діжечка на молочні продукти.

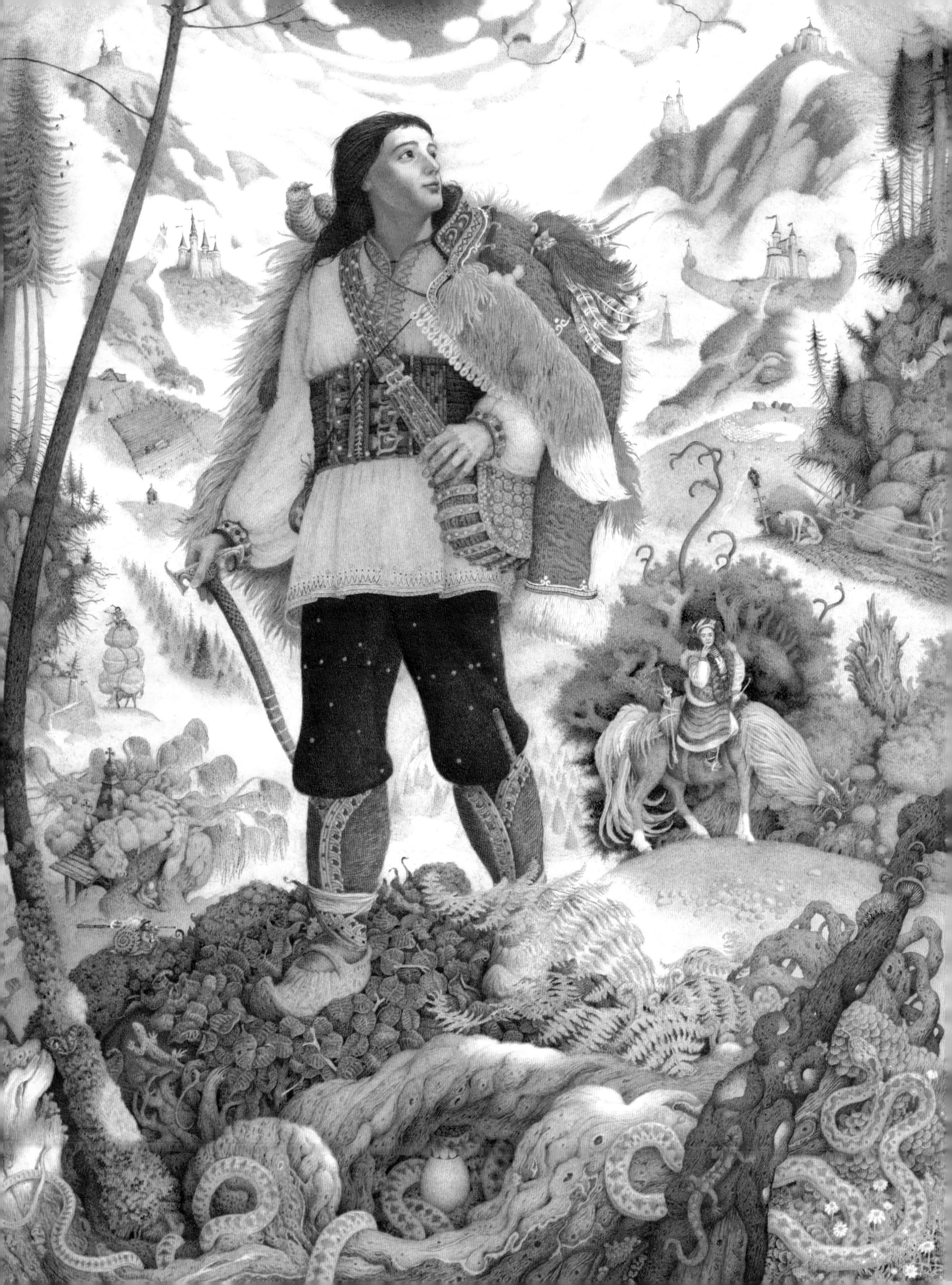

— Нічого, нічого, — каже хлопець. — Так треба.

Молода жінка в крик: «Ти все робиш не так, як люди! Пам'ятаєш, ми їхали в полонину — чому ти так весело тоді засміявся, коли коні заіржали одне до одного?»

— Жінко, мені не вільно це казати. Як я тобі скажу, то вмру.

— То й умирай собі, але скажи!

— Добре, — сумно каже хлопець, — слухай...

І тільки отворив рота, щоб казати, аж влітає у вікно півень та як закукурікає:

— Ку-ку-рі-ку-у! Ку-ку-рі-ку-у! Дурило, дурило! Маєш одну жінку й не можеш дати з нею ради? А в мене двадцять жінок: я з одною заговорю, з другою пограюся, третю крилом наверну — кожній щось пораджу!.. Ти збреши їй щось, не мусиш правди казати!.. — та й вилетів у вікно.

Хлопець аж заусміхався, адже півнячої мови жінка не розуміла.

Ох, як затупотить він ногами, як замахає руками:

— Ти така-сяка! Ти за дурницю мене й зі світу звела б! А я ж тоді засміявся, бо схотілося мені скочити з коня і нести тебе на руках!

Засміялася жінка — уже й не сердиться, уже й подобріла.

От він і думає: «Раз мене ніхто не випитує, тепер я можу й признатись».

Скликав усіх до хати та й каже:

— Я хочу вам щось мовити. Пам'ятаєте, як вороння пообсідало нашу пшеницю, а я не хотів їх зганяти? То все тому, що вони сиділи, дякували й казали: «Нехай цей ґазда́ живе сто років і най у нього буде такий щедрий врожай, як ні в кого». Ви хотіли те вороння постріляти, а я не дав. І врожай наш ми ледве владували в комори. Пам'ятаєте?

— Пам'ятаємо, — кажуть.

— А знаєте, що казала та зозуля, що прилетіла нині під наше вікно й дуже-дуже вику́кувала?

— Ні, не знаємо.

— А вона проклинала вас і казала: «А щоб цей старий ґазда не діждав і року дожити!» То я її й устрелив.

— А коли ми, жінко, їхали в полонину і стрінули чоловіка на коні, то його кінь крикнув до нашої кобили: «От як тобі добре! Ти везеш лиш одну жінку, а мені дали нести аж три важезні бербени́ці бринзи!» А кобила йому відказала: «Мені теж нелегко: у мені — лоша, а в моєї ґазди́ні — син. То мушу на них вважати і нести дуже обережно». Того-то я й засміявсь, як почув, що в нас буде син.

По цих словах обняв він свою молоду дружину, і стали вони жити-поживати і людям помагати, бо такого знахаря не було в усьому світі.

Та дав він раз і мені якогось зілля, то я відтоді як почав казки казати, то й досі не можу перестати.

НАСМІШЛИВЕ СЛОВО

Давно се діялось, як побачив один чоловік у лісі пишного оленя. І довго він милувався його красою. Олень теж запримітив чоловіка і зрадів, бо вже віддавна мав намір спитати когось про свою красу. Він приязно наблизився до чоловіка, став перед ним у всій величавій красі і запитав:

— Чи гарний я?

— Тілько жаль, що хвіст куций! — відказав чоловік.

Олень аж задрижав з досади. А далі підійшов до чоловіка, пригнув голову і мовив:

— Зроби мені сокирою рану між рогами.

Чоловік довго вагався, але врешті таки цюкнув сокирою між рогами, і в тій хвилі бризнула з оленя кров аж до половини високих дерев.

— Дякую тобі за послугу, — сказав олень. — За рік прийди на це саме місце, щось тобі цікаве покажу і скажу. — З цими словами погнав він у гущавину, лишаючи широкий кривавий слід за собою.

Рівно за рік чекає чоловік на оленя, але вже з крісом* у руці, бо боїться помсти. **пістолем*

Невдовзі надбіг олень і, поклонившись знайомому, сказав:

— Подивися, чи загоїлася рана від твоєї сокири? — і схилив голову.

Тремтячи, оглянув чоловік зранене місце та й каже:

— Загоїлася, лишень маленький шрамóк по собі лишила.

— Бачиш, — промовив, зітхаючи, олень, — рана від сокири за рік заросла, але рана, що мені в серці зробило твоє насмішливе слово, не загоїться ніколи.

КОЗАКИ І СМЕРТЬ

Ішли два козаки степом, надибали дерево й сіли в холодку. Один на бандурці пограває, а другий слухає. Коли се один і каже:

— Ой, братику, біда! Смерть іде!

(А воно, бачте, в степу так далеко видно.)

— Ну то й що? — каже той.

— Та вона ж нас постинає! Тікаймо!

— Е, ні, брате, не подоба козакам од Смерті втікати. Та й спека он яка чортяча, не дуже-то й підбіжиш. Будем уже сидіть. Раз мати на світ родила, раз і помирати!

— Чи так, то й так! — каже другий.

Сидять. Надійшла Смерть і каже:

— Оце й добре, що я вас, волоцюг, спіткала! Годі вам гуляти та розкошувати, у шовкових жупанах ходити та мед-вино пити. Ось я вас зо світу зжену, косою голови постинаю!

— Стинай, — каже один козак, — на те твоя сила й воля! Тільки дай мені, милостива пані, перед смертю люльку покурити.

— Ну, — каже Смерть, — коли ти мене милостивою панею назвав, то вже кури собі!

Вийняв козак люльку та як закурив! А тютюн добрячий, міцний — як пішов од його дух та дим, то Смерть аж набік одійшла.

— Оце, — каже, — який поганий дух! Як се ти таку погань куриш?

— Та що ж, — каже козак, — так уже мені суджено!

Як розійшовся дим та дух, Смерть приступила знов.

— Ну, — каже, — покурив, тепер я вас обох постинаю!

— Стривай, милостива пані, дай і мені пільгу! — каже другий козак. — Дозволь мені перед смертю табаки понюхати.

— Нюхай, — каже, — та знай мою добрість.

Вийняв той козак ріжка, бере понюшку, а сам думає, як би йому заохотити Смерть, щоб і вона понюхала...

Нюхнув на один бік, нюхнув на другий, крекнув, бо табака була таки добре заправлена: там до неї було й чемериці, й тургуну, і перцю додано для моці, щоб у носі крутило.

— А що ж воно, добре? — питає Смерть.

— Та як кому, — одказує козак.

— Ану, дай спробувать! — просить Смерть.

— На, милостива пані!

Як нюхнула Смерть, як закрутить їй у носі, як чхне вона — аж косу впустила!

— Цур же йому, — каже, — яке погане! Ще поганіше, ніж той дим! І як се ти таке паскудство вживаєш?!

— Отак, як бачиш! — каже козак. — Приймаю муку цілий вік, бо так уже мені пороблено чи наслано — Бог його зна! Мушу терпіти!..

— А-а! — каже Смерть. — Коли так, не буду ж я вас косою стинати! То не штука — вмерти, а от ти чхай іще п'ятдесят літ!

Отаким чином і визволилися козаки од наглої смерті.

*дратівлива, сварлива

Була собі одна пара: муж і жона. Жона була дуже джанґли́ва* і все сварилася зі своїм чоловіком.

На біду прийшов вовк і з'їв чотири вівці з кошари. Чоловік уже й боявся жоні те вповісти, бо знав, що бідна буде його вечеря. Але й утаїти ніяк того не міг.

І так він смиренно каже до жінки:

— Ой, жо́но, недобре в нас сталося.

— А що, а що? — питає жона.

— Я тобі сказав би, але ти будеш люта.

— Та що там? Кажи вже!

От чоловік і каже:

— Та прийшов вовк у кошару і з'їв чотири вівці.

* господар,
хазяїн

— А бодай би ти, ґаздо, був сам пропав! Отакий ти в мене ґазда́*! Навіть кошару добре не загородиш, не те що!.. Готова праця пропала!

А чоловік на те:

— Цить, жоно, ми це перебудемо! Де худоба, там і шкода.

Пішов до сусіди й позичив таке залізо, що ним вовків ловлять. Поклав залізо на те місце, куди вовк зайшов, і лишив там на ніч.

Вранці прийшов, дивиться — є! — попався вовк у залізо.

Дуже врадувався ґазда́, скоренько біжить до жони:

— Ой, жоно! Я би тобі щось мовив, але не таке, як учора!

— Ну, що там такого? Вічно ти мені якоїсь дурної новини приказуєш!

— Ану ж слухай: я зловив того вовка, що наші вівці поїв!

Пішла жона, уздріла вовка в капкані та й каже:

— Хвала Богові, що ти його зловив. Тепер знаєш що? Тепер придумай таку йому кару, щоб жив — і вічно мучився!

Чоловік каже:

— Та що б його таке придумати? Коли йому їсти не дам — здохне з голоду, скоро здохне. Коли його бити буду — то здохне од моєї битки.

А жона:

— Що мені до того!.. Даю тобі три дні: придумай таку кару, як я сказала!

Ґазда пішов та й так собі міркує: «Та чи треба комусь гіршої кари, як моя... Відколи оженився, то все бідую. То краще буде, як я й вовка оженю!».

Та й оженив вовка з своєю жоною.

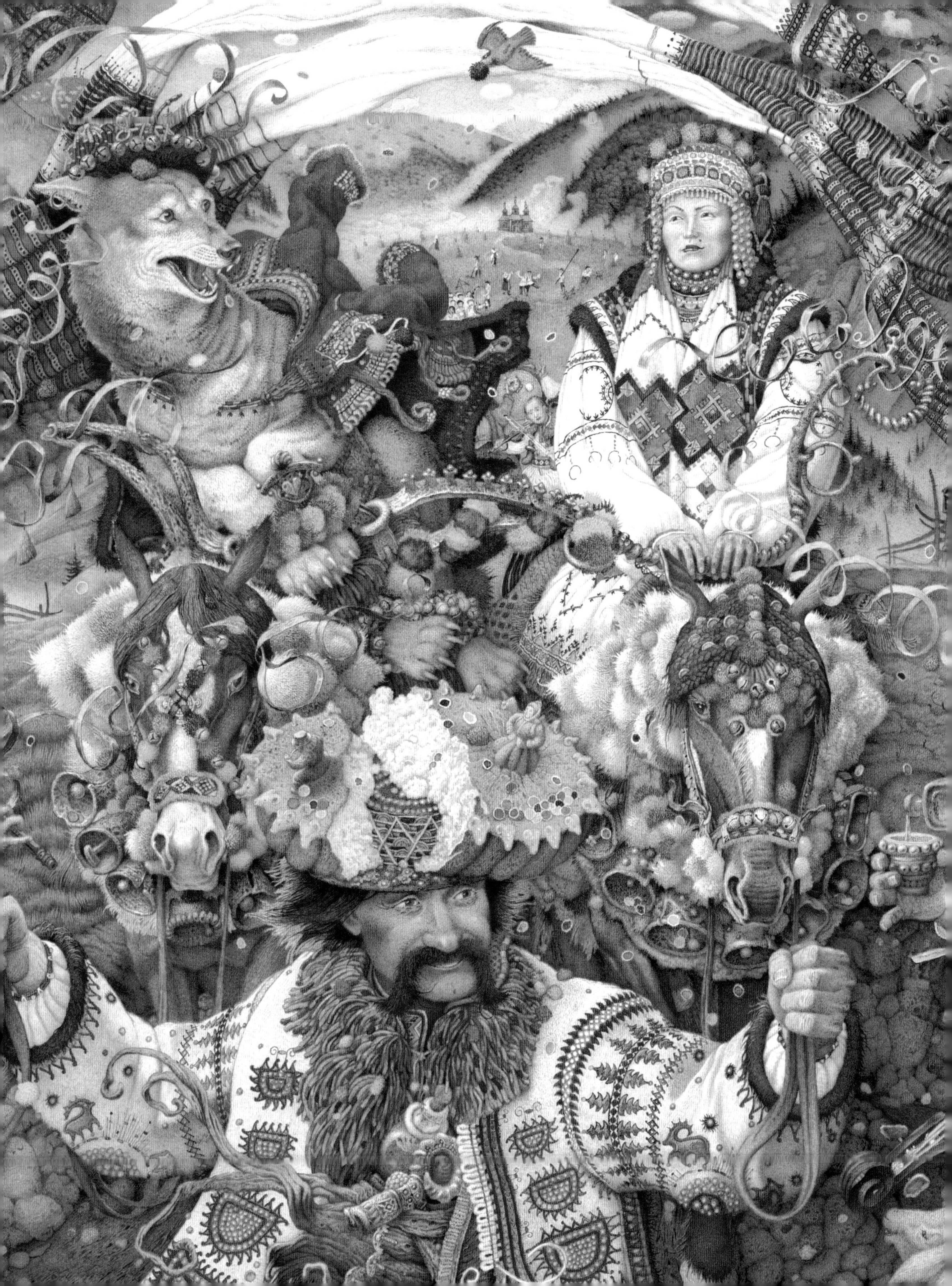

Було собі троє братів: старшому було одинадцять, середульшому — десять, а найменшому — сім років. Жили вони собі у батьковій господі, бо ще в них і батько, і мати живі були.

От живуть вони собі, коли це розійшлася скрізь чутка, що десь у якомусь царстві є золота гора і хто ту гору одбере од зміїв, тому пів свого царства цар оддасть.

Ото й каже найменший брат, семиліток:

— Візьмім, браття, коника у батька та поїдемо й ми шукать тої гори. Люди їдуть, то, може, й ми поїдемо та якось чи не знайдемо і одвоюємо її од зміїв, тоді будемо царями.

— Добре, — кажуть брати, — як їхати, то й їхати.

Зібралися, випросили в батька старого коня, такого, що вже й ходити не здужає, запрягли його в віз, узяли хліба, сала та й поїхали.

Їдуть та їдуть, їдуть та їдуть і все розпитують по дорозі про золоту гору. Хто йде, хто їде, кожного розпитують, чи не знає часом сам або чи не чув од людей яких перехожих чи переїжджих, де ті золоті гори і який змій їх стереже.

Хто чув що-небудь од людей — розкаже їм, а хто не чув, то скаже:

— Не знаю, люди добрі, не бачив і не чув нічого про таку гору.

Вони і йому подякують, що хоч обізвавсь добрим словом до них, та й поїдуть собі помаленьку далі.

Їхали вони так, може, з рік і заїхали в пущу. Скрізь ліс і ліс, та такий, що й сказати не можна: тільки небо помежи листя синіє та земля під ногами, а більше нічого й не видно. Хоч би хто йшов чи їхав, щоб запитати, куди ця дорога веде, так ні — ані душі живої, опріч них. А тут уже й сонечко закочується за ліс, уже й вечоріє.

— Що тута робити? — питає старший брат.

— Що ж робити, — каже семиліток, — будемо ночувати. Що вже Бог дасть, те й буде.

Випрягли вони коня й пустили пастися, а самі розклали над шляхом вогонь та й сидять, і розказують то про се, то про те, щоб усе ж не так було боязко в лісі.

На другий день раненько запрягли свого коня, сіли й поїхали. А ліс що далі, то все густіший, дерево таке товсте, що й учотирьох не обіймеш, а вони все їдуть. Утомиться коник бігти — вони за возом ідуть, хто втомиться йти — сяде на воза, та все помаленьку поганяють.

Так проїхали вони ще днів зо п'ять чи й десять, уже й харчу жодного у них нема, уже й коник ледве ноги волочить, а вони все йдуть та йдуть.

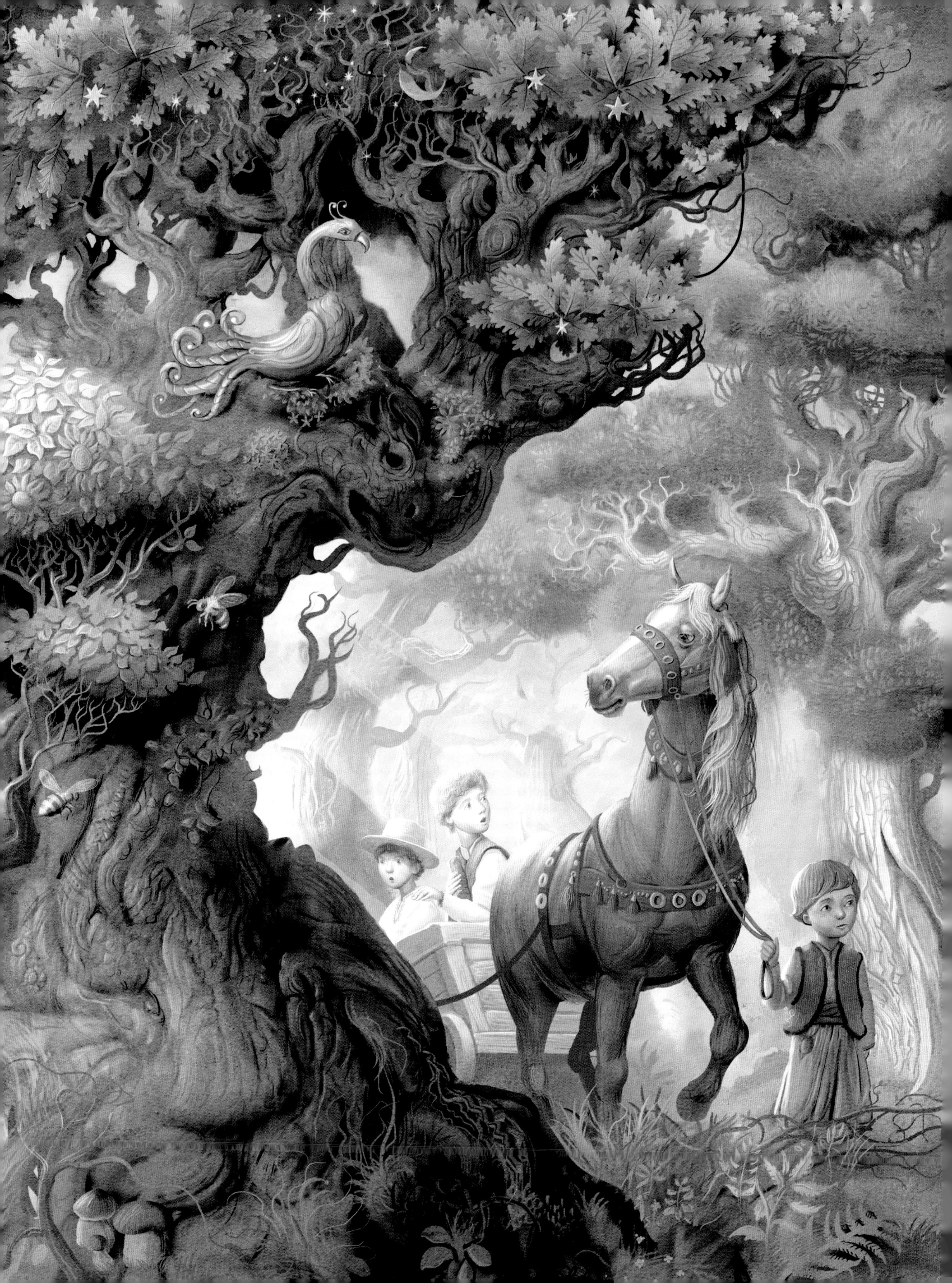

— Куди це ми йдемо? — каже старший брат. — Де тут ті золоті гори візьмуться в цьому лісі? Тут ми й самі пропадемо з голоду — у нас уже й хліба нема. Вертаймось назад.

— Ну, — каже семиліток, — уже тепер пізно вертатись, коли перш не вернулись. Уже тепер їхатимем до кінця — що буде, те й буде.

Поїхали. Через день дивляться — стоїть хатка. Усі раді, бо скільки днів і живої душі у вічі не бачили.

Приїхали до хатки, випрягли коня, завели його в стайню, а самі пішли в хату. В хаті нікого нема. Вони сіли за стіл, повечеряли, що там уже було, ждуть та ждуть хазяїна — нікого... От семиліток і каже:

— Ну, тепер, браття, тут недалечко є міст. Через той міст їхатиме змій уночі, треба його достерегти. На першу ніч піде під міст ночувати найстарший, а ми будемо в цій хатці, на другу ніч піде другий, а на третю — я сам піду.

— Ну, добре. Так і зробимо.

От ті зостались у хаті, а старший пішов. Вийшов він надвір, подумав-подумав та й пішов до стайні. Ліг під жолобом та й заснув.

Як настала північ, семиліток і каже:

— Піду я та довідаюсь, чи не спить часом наш брат під містком.

Пішов. Приходить туди, аж його там і нема. Сів семиліток під містком і дожидає змія. Зачекав трохи — коли це летить на коні такий, аж іскри з нього сиплються, — з трьома головами, а за ним біжить собака і летить сокіл.

Прибіг змій до містка — кінь спіткнувся. Змій понюхав на цей бік, на той бік та й питає:

— А чого ти сюди прийшов — битися чи миритися?

— Ні, — каже семиліток, — я до тебе не прийшов миритись, я прийшов битися!

— Добре, — каже змій. — Як битись, то й битись. Ходім же зі мною на золоту гору, там і поборемось.

Пішли вони на золоту гору. Змій його як ухопить, як кине об золоту гору, то він і одскочить, а тоді схопиться скоренько на ноги, ухопить змія і як кине, так змій і вгрузне в гору. За третім разом загнав семиліток змія у гору по саму шию. Тоді постинав йому голови і покотив їх з гори, а сам узяв коня, собаку і сокола та й подався до хатки.

Приходить — брати сплять. Один — у хаті, а другий — під жолобом.

Він коня поставив на стайні, а сам ліг у хаті та й спить.

Вранці прокинулись брати, дивляться — на стайні кінь, а в хаті сокіл і собака.

Будять вони семилітка й питають:

— Де це ти, брате, узяв коня, сокола й собаку?

— Де взяв? Бог мені дав. А ти, брате, був сю ніч під містком?

— Був, — каже.

— А що ж ти там бачив?

— Нічого не бачив.

— Е-е... брате, брате! Хоч би ти, брате, не брехав! Ти ж цілу ніч під жолобом спав, ти думаєш, що я й не знаю.

От на другу ніч виряджають під міст уже середульшого брата.

Вийшов той увечері надвір, подумав-подумав та й побоявся йти під міст — пішов до стайні, ліг під жолобом і заснув.

Уночі семиліток пішов під міст подивитись, чи не спить часом його брат. Приходить — і того нема. Сів він сам під містком, аж летить на коні вже старший змій, з шістьма головами, та так, що аж іскри сипляться! А за ним біжить собака і сокіл летить. Прилетів до містка, кінь його спіткнувся, от змій і питає:

— А чого ти сюди прийшов? Битися, чи, може, миритись?

— Авжеж, не миритись я до тебе прийшов, а битись! — відказує семиліток.

— Якщо битись, то ходім на золоту гору, — каже змій.

— Ходім, — каже семиліток.

Пішли вони. Приходять, схопились обоє. Що кине змій семилітка, то той і одскочить від землі. Як же кинув семиліток змія, так той і загруз у гору по коліна. Другий раз як кине змій семилітка, то йому нічого, а як змія кинув семиліток, то той уже аж по пояс загруз у гору. За третім разом семиліток загнав у гору змія аж по саму шию.

Тоді взяв, поодрізував йому голови і поскочував з гори, а сам сів на коня, забрав сокола й собаку та й поїхав до братів.

Приїхав, поставив коня на стайні, а сам пішов у хату, ліг та й спить.

На другий день встають брати, дивляться: на стайні знову десь узявся другий кінь, а в хаті — два соколи і дві собаки.

— Де ти взяв, семилітку, коня? — питають.

— Бог, — каже, — мені дав. А ти, брате, ночував під містком?

— Ночував, — каже.

— От і ти брешеш. І ти сю ніч ночував у стайні під жолобом. Ти думаєш, що я нічого не знаю!

На третю ніч уже черга йому самому йти під міст ночувати. Зібрався він, налив у шклянку води, поставив її на вікні та й каже братам:

— Глядіть же, хоч сю ніч не спіть та дивіться на сю шклянку: якщо вода прибуватиме, то випускайте коней, а як полл́ється кров через верх, то й самі біжіть, бо тоді вже змій буде мене замага́ти.

Сказав так і пішов. Та тільки він з хати, а брати полягали й заснули.

А семиліток знову сів під містком та й дожидає змія.

Коли це опівночі летить найстарший змій, уже з дванадцятьма головами. Так летить, так летить, аж земля гуде, а за ним ззаду собака і сокіл.

Надлітає змій до містка — кінь його й спотикнувся. Змій глянув на той бік, на другий — і зараз до семилітка:

— Чи битись прийшов, чи миритись? Бо як битись, то ходім на золоту гору.

Пішли вони на золоту гору, схопились. Кинув семиліток змія — нічого, трошечки тільки гора вгнулась. Кинув змій семилітка — загруз він по кісточки в гору.

Піднявся семиліток, оддихується, думає: «Ось-ось брати забачать, що в шклянці вода прибуває, і випустять собак». А брати сплять. Собаки вже духом чують, що щось недобре діється, — гавкають, коні іржуть, ногами тупають, а брати сплять.

Кинув змій другий раз семилітка — загруз він ще дужче в гору.

Вже із шклянки через верх кров ллється і коні ледве чи не розвалять стайні, гарцюють, а брати сплять.

Думав він, сердешний, думав, здогадувався, що брати сплять, — скинув з ноги чобота і пустив із золотої гори просто в хатку. Чобіт як ударився, так стіну і вивалив!

Собаки вибігли, коні уздечками вирвали лісу і теж побігли, а брати прокинулись — до шклянки — уже аж по лаві кров тече! Вони до собак — собак нема, вони до коней — і тих нема. Вибігли брати з хати, біжать, та й самі не знають, куди бігти і що робити, а біжать же братові на поміч.

А ті собаки як прибігли на золоту гору, як прилетіли соколи з золотими дзьобами, так того змія й розірвали на шматки. Поодрубував семиліток усі дванадцять голів, поскочував їх з гори, а сам узяв змієвого коня, сокола й собаку і їде до братів.

Їде, а вони біжать йому назустріч.

— Куди це ви?

— Та до тебе ж на поміч поспішаєм! Ти ж казав, як буде в шклянці вода прибувати, щоб ми коней і собак випускали, а як буде бігти кров через верх, то щоб і самі на поміч поспішали.

— То хіба ви мене послухали, що я вам казав?

— Якби не послухали, то не бігли б.

— А я ж казав, щоб ви не спали... Якби не кинув був чобота, то ви б і досі спали, а мене уже й на світі не було б...

Приїхали до тієї хатки, запрягли свого коника — поїхали на золоту гору, набрали віз золота, посідали на зміївських коней та й поїхали до того царя, що казав: оддам півцарства, як хто одвоює від зміїв золоту гору.

Приїхали до нього, віддали йому те золото, а цар віддав їм пів свого царства.

Тоді брати поділились і стали царювати за Божими законами. Мабуть, ще й досі царюють.

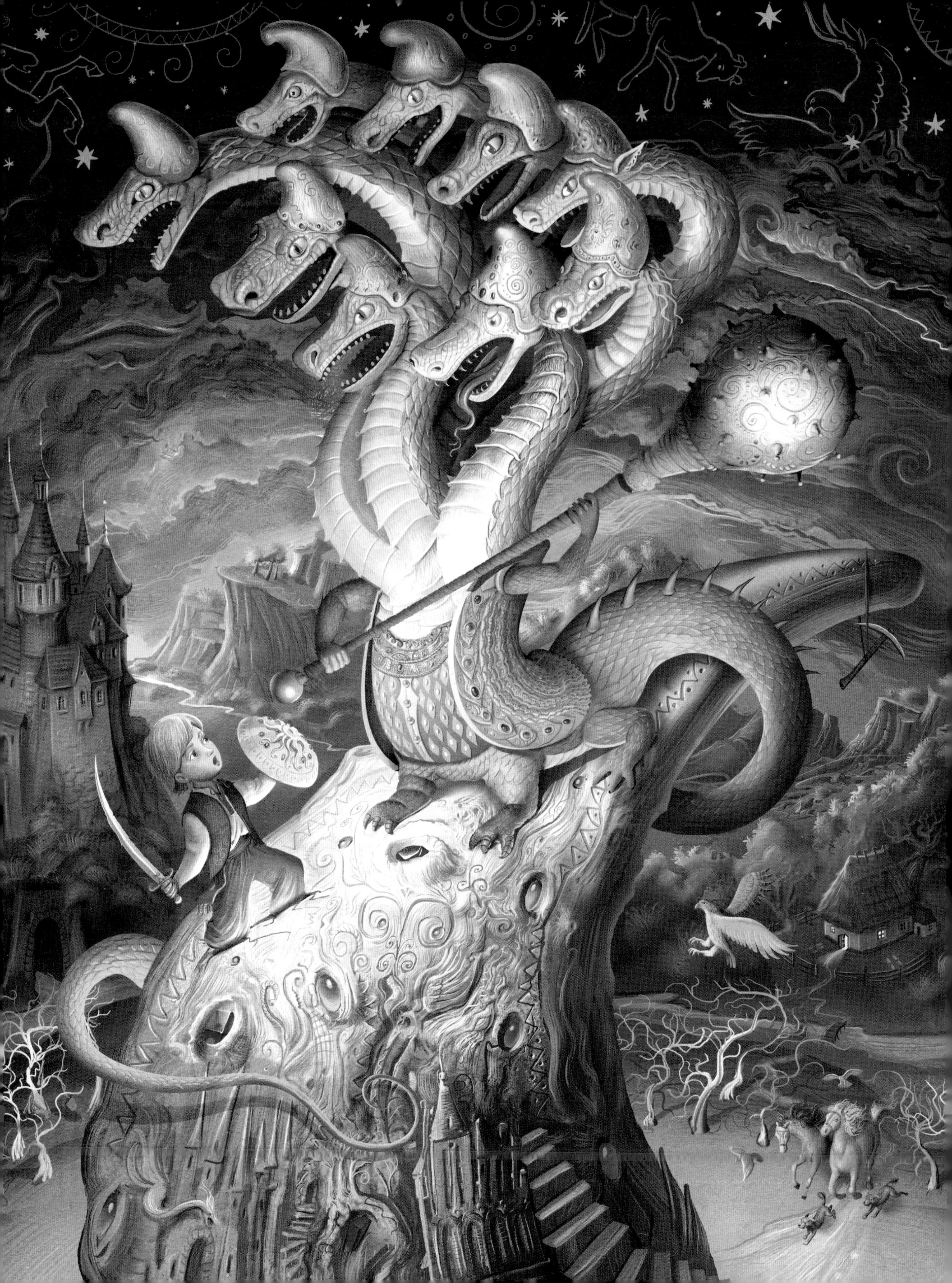

Жив у горах один коваль: коні кував, вози робив, плуги ладив. Жінка його ве́рети ткала та все випускала їхню гуску пасти.

От піде собі гуска, і цілий день нема її та й нема. Аж надвечір приходить додому.

От якось випустила жінка ту гуску, а коваль — за нею: «Ану ж, — думає, — піду подивлюся, куди вона ходить».

Покинув кузню та й пішов за гускою.

Приходить гуска під гору, а там — діра. От гуска й зайшла в ту діру.

Коваль — за нею. Заліз у діру — дивиться, а там такі довгі золоті галереї, як у королівських палацах! А повздовж галерей військо золоте стоїть!..

З великого дива коваль аж закляк на місці. Поволі випростався на рівні ноги, але не міг іти далі.

— Ти чого сюди прийшов? — питають його.

— Я йшов на́зирці за гускою, — відповідає коваль, — хотів достежити, куди вона цілий день ходить. От вона й привела мене сюди.

Виступили наперед два вояки́ і відвели його до короля.

Сидить король, а сива-сива його борода обвита у кілька разів довкола стола.

Питає король:

— Ти хто?

— Я — коваль.

— Слухай, ковалю: ти не вийдеш звідси на білий світ, доки не перекуєш нам усі коні.

І лишився коваль у тій горі, і кував їм коні довгі роки, і не було ліку тим коням.

А як перекував усі коні срібними підковами, вивели його вояки́ на білий світ. І вийшов він з тої гори білий-білий, як молоко.

А як виходив, мовив до нього король:

— Коли моя борода обів'ється дванадцять разів довкола стола, тоді вийду я зі своїм золотим зачарованим військом на білий світ. І буду королювати, і мир настане всюди, і ніде в світі не буде ліпше, як у нашій землі.

Вклонився коваль королю, вернувся на свій двір, але нікого й нічого там не застав. Лиш сива гуска сиділа на тому місці, де колись була кузня.

Коли гуска встала з гнізда, коваль побачив там золоте яйце. За те яйце збудував він собі нову кузню і доживав там свого віку. Та все визирав того війська золотого. І гуска разом з ним.

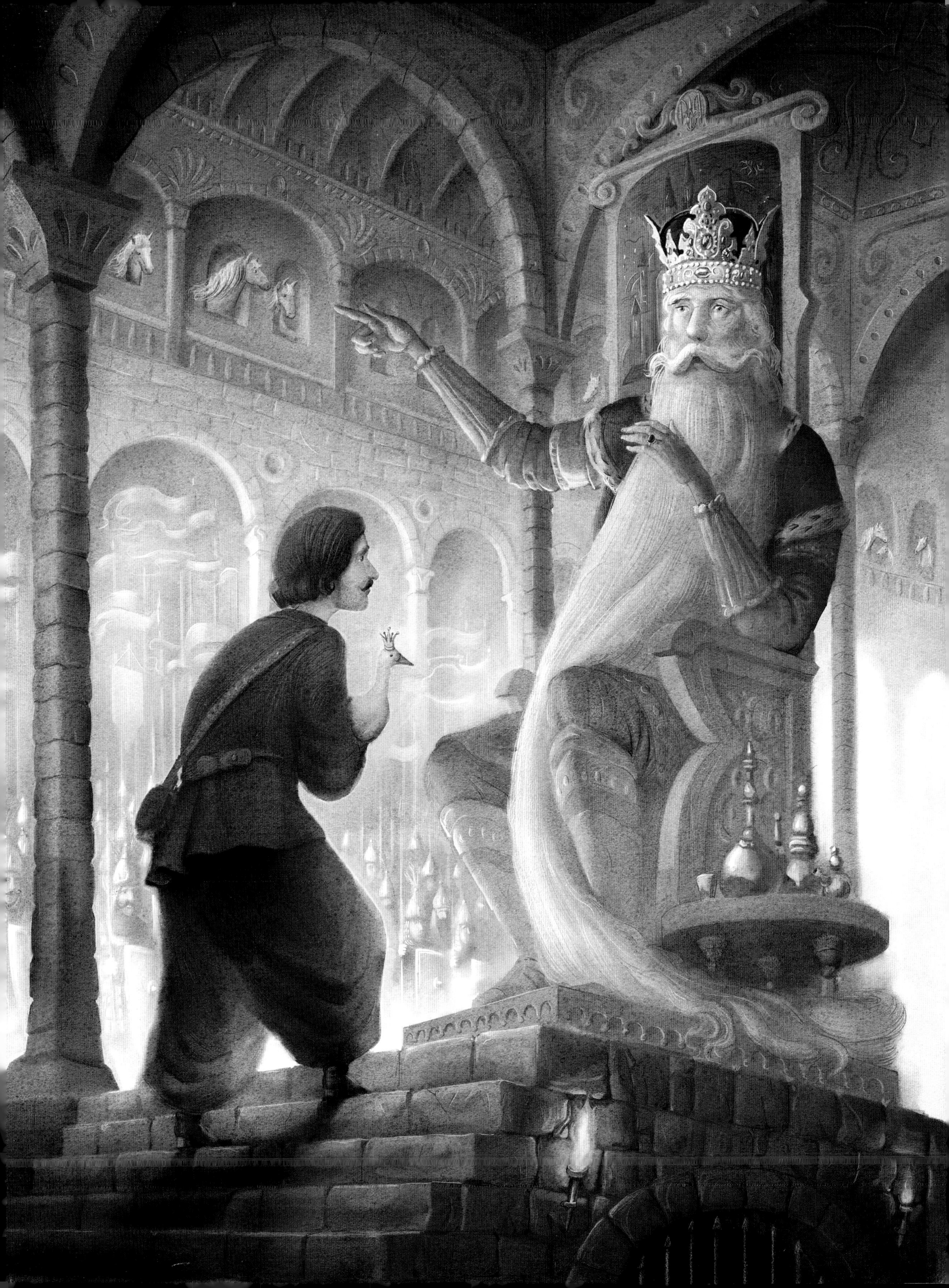

ЗМІСТ

ПЕРЕЛІК УСІХ КАЗОК У ТРЬОХ ТОМАХ:

Бідний багач; Бідний садівник і королівна; Бух Копитович*; Видимо-Невидимо*; Вовк-колядник**; Вовк, собака та кіт; Голе телятко**; Заєць та їжак*; Зайчикова кашка*; Залізноноса босорканя**; Заяче сало; Змій; Золота гора*; Золоте військо**; Золотий червінець; Золотий черевичок; Іван-Побиван; Іван Голик та його брат*; Івасик-Телесик; Ілля Муромець**; Казка про двох білочок і хитру лисичку*; Казка про знахаря та білу змію**; Казка про липку і зажерливу бабу; Казка про Лугая**; Калиточка; Кирило Кожум'яка; Князівна-жаба**; Кобиляча голова; Коза-дереза; Козаки і Смерть; Козак Мамарига**; Колобок*; Королевич і залізний вовк*; Котигорошко; Котик та півник; Кривенька качечка; Курочка ряба*; Лев і осел, що вдавав царя*; Легінь, що повернув людям сонце, місяць і зорі**; Летючий корабель; Лисиця та ведмідь*; Лисичка-сестричка; Лисичка-сестричка і вовк-панібрат; Лисичка та журавель; Мішок глини**; Москаль у пеклі*; Мудра дівчина*; Насмішливе слово*; Олекса і Чорний Полонин**; Олянка, або дерев'яне чудо**; Ох; Пан Коцький; Петро і меч-гартованець*; Півник і курочка**; Правда й Неправда*; Правдивий Іванко**; Про бідного парубка й царівну; Про вченого бика*; Про Івана Багатого*; Про мудрого хлопця*; Про Невмираку**; Рак-неборак та його вірна дружина*; Ріпка; Розум і Щастя**; Рукавичка; Сестричка та її братик золотий баранчик**; Сірко; Скільки в небі зірок?*; Соловейкові поради*; Солом'яний бичок; Сонце, Мороз і Вітер; Срібні воли*; Торба з королем**; Три бажання*; Три брати; Три золотокучеряві княжичі**; Хлопчикова молитва**; Цап та баран; Циган і лев*; Циган-мандрівник**; Цісар і злодій**; Чарівне горнятко*; Язиката Хвеська; Яйце-райце; Як бідний Манько святив паску*; Як бджола врятувала гуску; Як Бог людям і тваринам ділив літа**; Як віл бігав наввипередки з конем; Як вовк гусям грав*; Як дурня женили**; Як Іван гуси ділив**; Як Іван царя перебрехав*; Як лисичка Івана Баштанника зробила царевичем; Як лисичка лева одурила**; Як Микола був коровою; Як панок балакав по-німецьки; Як пастух наговорив повний мішок*; Як різник цвірінькав*; Яку кару придумав чоловік вовкові*.**

1-й том 2-й том 3-й том

---

*Казки, позначені зірочками, подано в літературному опрацюванні Івана Малковича.

**Передрук казок, позначених двома зірочками, можливий лише в разі попереднього письмового дозволу Івана Малковича.

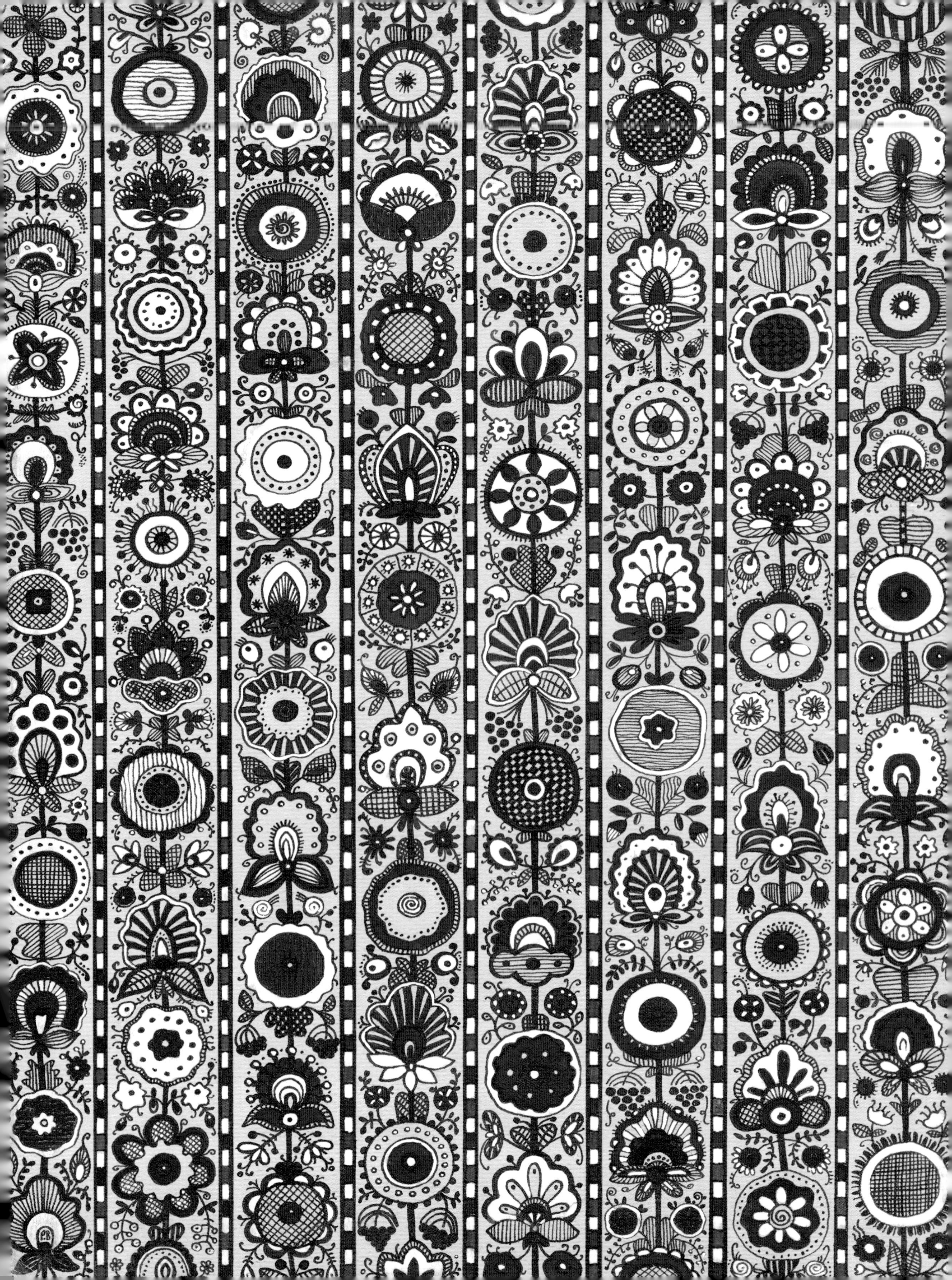